I0557004

العميل راء

رواية بوليسية

إعداد وتحرير: رأفت علام

مكتبة المشرق الإلكترونية

صدر في نوفمبر ٢٠٢٠ عن مكتبة المشرق الإلكترونية – مصر

ISBN: 9781005395261

Table of Contents

تحذير..

لم تكن الشمس قد أشرقت بعد، على العاصمة الفرنسية (باريس)، عندما عبرت على مقربة من برج (إيفل) العملاق سيارة حمراء، فرنسية الصنع، بسرعة كبيرة، جعلتها تعبر منطقة البرج في ثوان معدودة، ثم تواصل طريقها منحرفة بنفس سرعتها، مما جعل إطاراتها تطلق صريرًا مخيفًا، تلاشى بسرعة في سكون الفجر، قبل أن يخفف قائد السيارة من سرعتها، ويجتاز بها طريقًا جانبيًا، إلى مبنى عتيق الطراز، من طابقين، أوقف السيارة أمام بابه، وغادرها بملامح حادة، وأنف معقوق، التقى في أعلاه حاجبان كثان، على نحو بدا وكأنه جزء من قسمات الرجل الطبيعية، أو تعويض عن رأسه الأصلع، الذي يحاول عبثًا إخفاءه بخصلات طويلة من الشعر، بدت أشبه بأغصان جافة، فوق صحراء جرداء لامعة..

وفي توتر ملحوظ، دق الرجل باب المنزل بقبضته، وهو يغمغم بكلمات غير مسموعة، ثم راح يفرك كفيه داخل القفازين في عصبية، حتى فتح الباب رجل ضخم الجثة، يوحي تورم عينيه بأن الطرقات قد أيقظته من نوم عميق، وسأل قائد السيارة في غلظة:

- ماذا هناك؟

أزاحه قائد السيارة عن طريقه، وهو يسرع إلى الداخل، قائلًا:

- هل استيقظ (كوفي)؟

قال الضخم بلهجته الغليظة:

- ليس بعد.. إنها لم تبلغ السادسة، و..

قاطعه قائد السيارة في حزم:

- أيقظه إذن.

عقد الضخم حاجبيه، وقال:

- لن يروق له ذلك، فهو يكره أن...

قاطعه قائد السيارة في غضب:

- فليتقدم بشكوى إلى الرؤساء لو أراد، المهم أن يستقيظ الآن، فأنا أحمل إليه رسالة هامة وعاجلة، من (تل أبيب) مباشرة.

بدا الاهتمام على وجه الضخم، وقال في سرعة:

- سأوقظه.

واندفع يصعد في درجات السلم إلى الطابق الثاني، في حين اتجه الأصلع إلى بار صغير، يحتل جانبًا من الطابق السفلي، والتقط منه زجاجة من

الخمر، وكأسا من البلور، وصبّ قليلًا من الخمر في الكأس، ثم جرعه دفعة واحدة، على نحو جعل وجهه يحتقن بالدماء، في نفس اللحظة التي ارتفع فيها من خلفه صوت صارم، يقول:

- منذ متى تهوى احتساء الخمر في الفجر يا (إيتان)؟

التفت الأصلع في حركة حادة إلى مصدر الصوت، ودفع بصره على رجل نحيف، يرتدي معطفًا منزليًا، ويمتلك أنفًا أطول مما ينبغي، ملامح صارمة، فسعل الأصلع في توتر، وقال:

- نادرًا ما أفعل هذا يا (كوفي)، ولكنه الانفعال.

ظل (كوفي) يتطلع إليه بنظرة حادة، وهو يهبط السلم، ثم لم يلبث أن اتخذ مقعدًا وثيرًا، في مواجهة (إيتان)، الذي قال محاولًا إخفاء ارتباكه:

- كيف استيقظت بهذه السرعة؟

قال (كوفي) في صرامة:

- لقد أيقظتني طرقاتك العنيفة على الباب.

لوّح (إيتان) بكفه، وقال:

- لقد أمروني بضرورة إبلاغك على الفور.

عقد (كوفي) حاجبيه في غضب، وقال:

- ولماذا لم يتصلوا بي مباشرة؟

أجابه (إيتان) في ضجر:

- يشكون في أن هاتفك مراقب.

ثم أضاف في سرعة، قبل أن يلقى عليه (كوفي) سؤالًا آخر، أو يعترض على نقطة ثانية.

- إنهم يحذروننا من أن المصريين قد أرسلوا خلفنا واحدًا من أخطر رجالهم.

تطلع إليه (كوفي) لحظة في شك، ثم سأله في بطء:

- ولماذا يفعلون هذا؟.. أقصد المصريين.. لماذا يرسلون أحد أخطر رجالهم؟

أجابه (إيتان) في انفعال:

- لقد تدخلنا كثيرًا في أعمالهم، في الفترة الأخيرة، ويبدو أنهم وجدوا أن (باريس) لا يمكن أن تتسع لنا معًا، فقرّروا إبعادنا عنها.

قال (كوفي) في صرامة:

- إنها لا تتسع للفريقين بالطبع.

ثم ابتسم في شراسة، مستطردًا:

- والفريق الأقوى سيبقى في الساحة.

تلاشت ابتسامته بأسرع مما وُلدَت، وهو يسأل (إيتان) في اهتمام بالغ:

- وما اسم ذلك المصري، القادم لتصفيتنا، والذي يعتبره المصريون واحدًا من أخطر رجالهم؟

تنهد (إيتان)، وقال:

- هذه هي المشكلة.

هتف (كوفي) في حدة:

- أية مشكلة؟.. إننا نعلم أنه قادم.. أليس كذلك؟

أومأ (إيتان) برأسه إيجابيًا، وقال:

- ليس هذا فحسب.. إننا نعلم أيضًا أنه سيصل إلى (باريس) على طائرة (مصر للطيران)، التي ستهبط في مطار (أورلي)، في الثامنة.. أي بعد ساعتين فحسب، ولكننا لا نعرف اسمه.

صاح (كوفي) في غضب:

- أي عبث هذا؟.. إن لنا عميلًا في جهاز الأمن المصري.. أليس كذلك؟

ازدرد (إيتان) لعابه، وقال:

- إحم.. الواقع أنه لم يعد لدينا عميل هناك.

هبّ (كوفي) من مقعده، هاتفًا:

- ماذا تعني؟

بدا التوتر أكثر على وجه (إيتان)، وهو يقول:

- لقد كشف المصريون أمره، منذ عدة ساعات، وألقوا القبض عليه، بعد أن أرسل جزءًا من رسالته الأخيرة، وقبل أن يكمل إرسال الاسم، الذي يسافر به رجل المخابرات المصري.

تراجع (كوفي) كالمصعوق، وهو يقول:

- كشفوا أمره؟!

تهاوى على مقعده صامتًا، زائغ البصر لحظات، ثم لم تلبث ملامحه أن استعادت صرامتها المعهودة، وهو يرفع عينيه إلى (إيتان)، قائلًا في اهتمام مباغت:

- تقول: إنه لم يكمل إرسال الاسم، وهذا يعني أنه قد أرسل جزءًا من الاسم، فما هذا الجزء؟

تنحنح (إيتان) في حرج، وغمغم:

- إنه حرف واحد في الواقع.

هتف (كوفي) مستنكرًا:

- حرف واحد؟!

ثم سيطر على أعصابه مرة أخرى في سرعة، وهو يستطرد:

- حسنًا.. حسنًا.. ما هذا الحرف؟

أجابه (إيتان) في سرعة:

- حرف الراء.. الاسم الذي ينتحله رجل المخابرات المصري، يبدأ بحرف الراء.

ردد (كوفي) في حزم:

- حرف الراء.. هذا أفضل، فلو انتحل اسمًا يبدأ بحرف الميم، لعجزنا عن تعرّفه، إذ أن نصف المصريين يحملون أسماء تبدأ بحرف الميم.

ثم اعتدل صائحًا:

- (لافي).

برز الضخم فجأة، كما لو كان يقف عند الباب، وقال بصوته الغليظ:

- في خدمتك يا سيدي.

أشار إليه (كوفي) في صرامة، وهو يقول بلهجة آمرة:

- اذهب على الفور إلى مطار (أورلي)، وانتظر الطائرة القادمة من (القاهرة)، في الثامنة، واحصل على قائمة بأسماء القادمين على متنها، وأرسل رجالك خلف كل مصري منهم، يحمل اسمًا يبدأ بحرف الراء.. هل تفهم؟

أومأ (لافي) برأسه إيجابًا، وقال في غلظة:

- أفهم يا سيدي.

وغادر المكان بنفس السرعة، التي جاء بها، في حين التفت (كوفي) إلى (إيتان)، وقال في شراسة عجيبة:

- سترى الآن يا رجل.. سترى أن فريقنا هو الذي سيربح اللعبة في النهاية، وافتر ثغرة عن ابتسامة وحشية..

حرف الراء..

استرخت (رانيا) في مقعدها الوثير، داخل طائرة (مصر للطيران)، التي اقتربت من (باريس)، والتي هبطت تحت مستوى السحب، التي ظلت تسبح فوقها طويلًا، وتنهّدت في ارتياح، وقد أعاد إليها مشهد الأرض ذلك الشعور بالأمان، الذي يفارقها دائمًا في كل رحلاتها الطائرة، كلما أصبح المشهد الوحيد الذي تراه، من نافذة الطائرة، هو السحب الممتدة إلى ما لا نهاية، وكادت تسبل جفنيها في تراخ، لولا أن تنحنح الجالس إلى جوارها، وقال في حرج:

- معذرة.. ولكن هل يعني انخفاضنا عن مستوى السحب، أننا اقتربنا من (باريس)؟

التفتت تتطلع إلى جارها لأول مرة، منذ استقلّت الطائرة، ولقد بدا لها مرتبكًا، متوترًا، فسألته في هدوء:

- أهي أول مرة؟

قال في حيرة:

- أوَّل مرة ماذا؟

ابتسمت لسذاجته، وقالت:

- أوَّل مرة تسافر فيها إلى (باريس).

التقط نفسًا عميقًا، وقال:

- بل أول مرة استقل فيها طائرة.

هتفت:

- حقًا!!

ثم لم تلبث أن انتبهت إلى أن هذا أمر طبيعي، بالنسبة لعدد كبير من المصريين، الذين لم يرتبطوا أبدًا بأحد عقود العمل الخارجية، فأسرعت تضيف في حرج:

- لن تلبث أن تعتاد ذلك.

غمغم على نحو يوحي بأن حديثها لم يضايقه:

- أتعشم ذلك.

ارتفع في تلك اللحظة صوت مضيفة الطائرة، تعلن وصول الطائرة إلى مطار (أورلي)، وتهنئ المسافرين على سلامة الوصول، طالبة منهم ربط أحزمتهم، والامتناع عن التدخين، فأمسك جار (رانيا) حزام مقعده، وحاول أن يربطه في ارتباك، فابتسمت (رانيا) مشفقة، وقالت:

- اضغط ذلك الطرف، وادخله في فجوة الطرف الآخر.
أطاع توجيهاتها في عصبية، ثم زفر في قوة، وقال:
- شكرًا.
تمتمت:
- لا عليك.
أغلق عينيه في قوة، وكأنما يخشى مواجهة لحظة هبوط الطائرة، راحت (رانيا) تتأمله في اهتمام..
كان متوسّط الطول، يميل إلى البدانة بعض الشيء، طفولي الملامح، أكرت الشعر، يوحي مظهره العام بانتمائه إلى واحدة من الطبقات الكادحة، على الرغم من الحلة الفاخرة التي يرتديها، ورباط العنق الحريري الأنيق، الذي فشل في عقده على نحو مناسب، فبدأ أشبه بحبل يحيط بعنقه، ويتدلى من عقدة كبيرة.
وامتلأ نفسها بالخجل بغتة، لانه فتح عينيه، وابتسم لها ابتسامة هادئة بسيطة، عندما وجدها تتأمله، فأسرعت تقول:
- ألا زلت تشعر بالخوف؟
أجابها مبتسمًا:
- إلى حد ما.
ثم سألها في اهتمام:
- هل سبق لك السفر إلى (باريس)؟
أجابته:
- نعم.. فأنا أعمل في شركة (مصرية – فرنسية)، وعملي يحتم السفر إلى (باريس) ثلاث مرات في العام على الأقل.
اعتدل وهو يسألها في لهفة:
- أيعني هذا أنك تتحدثين الفرنسية؟
ابتسمت وهو تقول:
- هذا صحيح.
تهللت أساريره، وقال:
- يا لحظي الحسن.. يمكنك معاونتي في الدائرة الجمركية إذن:
ضحكت قائلة:
- نعم.. يمكنني هذا.
تنهد في ارتياح، وعاد يسترخى في مقعده، قائلًا:
- كانت أمي على حق.

قالت في دهشة:
- أمك.
أجابها في حماس:
- نعم.. لقد أكدت لي أن الله (سبحانه وتعالى) سيضع أولاد الحلال في طريقي، ما دمت أطيعها وأحسن معاملتها.
ابتسمت قائلة:
- لا ريب أنها على حق.
ثم حلت حزام مقعدها، وأضافت:
- هيا.. لقد هبطت الطائرة.
هتف في دهشة:
- حقًا؟؟ يا إلهي!.. لم أشعر بهبوطها.. هذا الطيار رائع بحق.
حاول حل حزام مقعده في عصبية، فانحنت هي تحلّه، وهي تقوم:
- ينبغي أن تعتاد هذا العمل البسيط، لو كنت تنوي السفر بالطائرة مرة أخرى.
نهض يحمل حقيبته الصغيرة، وهو يقول:
- هذا يتوقف على هذه الرحلة.
سألته في فضول، وهما يهبطان في سلم الطائرة:
- ما عملك بالضبط؟
أجابها في بساطة:
- تاجر أدوات تجميل.. لست رجل أعمال ثري، كما قد يتبادر إلى ذهنك، بل مجرد تاجر صغير، ورثت متجرًا في (الموسكي)، ولدي طموح كبير، في تحويله إلى شركة كبيرة لأدوات التجميل، وهذا الطموح هو الذي أتى بي إلى (باريس).
سألته في دهشة:
- وهل تنوي شراء أدوات تجميل من (باريس)؟
تهللت أساريره بابتسامة طفولية، وهو يقول:
- أليست فكرة رائعة؟
هتفت:
- بل فكرة حمقاء.
توقف مبهوتًا، على نحو أصابها بالحرج، فقالت مرتبكة:
- لم أقصد هذا الواقع، ولكن..
سألها في اهتمام قلق:

- ولكن لماذا تقولين إنها فكرة حمقاء؟
ارتبكت أكثر، وهي تقول:
- لم أقصد المعنى الحرفي، وإنما...
قاطعها مرة أخرى في لهفة.
- أعلم.. أعلم.. المهم هو لماذا بدت لك الفكرة غير مناسبة؟
أجابته في خجل:
- لأنني لا أبتاع أدوات التجميل الخاصة بي من هنا، فهي غالية الثمن في متاجر (باريس).. أغلى بكثير من أسعارها في مصر.
بدت خيبة الأمل على وجهه، وهو يقول:
- حقًّا؟!
شعرت بالأسف، لأنها حطّمت أحلامه وطموحه على هذا النحو، وحاولت التخفيف من وقع الصدمة على نفسه، فقالت:
- هذا رأيي كمستهلكة، ولكن ربما كانت هناك قواعد أخرى، بالنسبة للتعاملات التجارية، فقد سمعت من بعض أقاربي أنهم يمنحون تسهيلات جيدة للمستوردين، ولتصدير المنتجات الفرنسية، و...
بدت لها محاولتها سخيفة، كما بدا لو أن خيبة أمله تمنعه من الاستماع إليها، فقالت في أسف:
- معذرة.. لم أقصد تحطيم طموحك على هذا النحو.
تمتم في خفوت:
- لا عليك.
لاذ بالصمت التام بعدها، مما زاد من شعورها بالندم، حتى بلغا الدائرة الجمركية، فوضع حقيبته الصغيرة أمام مفتش الجمارك الفرنسي، الذي سأله بالفرنسية عما يحمله، ولكنه راح يحدِّق في وجهه في حيرة، محاولًا فهم ما يقول المفتش، وهنا وجدت (رانيا) أنها فرصتها لإصلاح الأمور، وهمت بترجمة حديث المفتش، لولا أن ارتفع من خلفها صوت هادئ، يقول بالعربية:
- إنه يسألك عما لديك.
التفت إليه التاجر في دهشة، ثم هتف:
- آه.. شكرًا لك.. إنني أحاول فهم ما يقول منذ فترة..
والتفت (رانيا) بدورها إلى صاحب الصوت، ثم خفق قلبها في قوة..
كانت أمام أكثر الرجال وسامة في حياتها كلها..
طويل القامة نسبيًا، وسيم الملامح، أنيق الملبس، ناعم البشرة، أسوده..

وكان يبدو كنجم من نجوم السينما الفرنسية، بمعطف المطر الأنيق، الذي يبدو من خلفه رباط العنق الداكن، وحقيبته السوداء، ذات الإطار المعدني المذهَّب..

وفي انبهار، راحت تتطلع إليه، والتاجر يستطرد مرتبكًا:

- هل يمكنك أن تخبره أنني لا أحمل شيئًا، وأن هذه الحقيبة الصغيرة هي كل ما أملك؟

ترجم الوسيم هذا الحديث لمفتشي الجمارك، الذي أصر على تفتيش الحقيبة، فقال التاجر في انفعال:

- فليكن.. إنني لا أخفي شيئًا..

وفتح أقفال الحقيبة في عصبية، ولم يكد يرفعها، حتى سقطت منه الحقيبة أرضًا، وتناثرت محتوياتها القليلة أمام الجميع، وارتبك التاجر أكثر، فراح يجمع فرشاة أسنانه، وآلة الحلاقة، وملابسه القليلة في سرعة، في حين ابتسم الوسيم، واتجه بحديثه إلى (رانيا)، قائلًا:

- يبدو أنها أولى رحلاته خارج البلاد.

كان صوته عذبًا قويًا، زاد من وسامته ورجولته، فأجابته مبهورة:

- هذا صحيح.

مدّ يده يصافحها، وهو يقول:

- اسمي (رياض).. (رياض عزيز).. مصري.

صافحته وهي تقول:

- وأنا (رانيا عبد الهادي).. مصرية أيضًا.

سألها وهو يتأمل ملامحها الفاتنة:

- أهي رحلة عمل، أم زيارة سياحية؟

ابتسمت قائلة:

- إنها رحلة عمل.

ابتسم بدوره، قائلًا:

- كان ينبغي أن أتوقع ذلك، فليس من الممتع زيارة (باريس) في الشتاء.

سطع فجأة ضوء مصباح تصوير على وجهها، فالتفتا في حركة واحدة إلى مصدره، ووقعت عيونهما على شاب في أوائل الثلاثينات، يبتسم في مرح، قائلًا:

معذرة.. لم أستطع مقاومة هذا المشهد النادر.. الوسامة والفتنة جنبًا إلى جنب.

قال (رياض) في خشونة:

- ليس من حقك أن تلتقط صورتنا، دون استئذاننا.
انحنى الشاب على نحو مسرحي، وهو يقول:
- إنني أعتذر.
ثم اعتدل مستطردًا بنفس المرح السابق:
- ولكنني لست آسفًا على التقاط مثل هذه الصورة.
همّ (رياض) بالاعتراض مرة أخرى، ولكن الشاب أسرع يخرج من جيبه بطاقة أنيقة، قدمها لهما، قائلًا:
- إنني مصري مثلكما، وهذا يمنحني بعض الحق في الغربة.. وبالمناسبة، اسمي هو (رشاد سعيد)، وأنا أفضل مصوِّر فوتوجرافي، في الشرق الأوسط كله.. أو هكذا أظن نفسي على الأقل.
لم يبدِّد هذا من غضب (رياض) وخشيت (رانيا) أن يتحول الأمر إلى مشاجرة، ولكن صوت التاجر ارتفع من خلفها هاتفًا:
- يا للمصادفة!.. كلنا إذن نحمل حرف الراء، في بداية أسمائنا.
التفتت إليه (رانيا) في دهشة، قائلة:
- كلنا؟!
ابتسم مشيرًا إلى صدره، وهو يقول:
- نعم، فاسمي (رامي).. (رامي كامل).
ران الصمت عليهم لحظات، وكل منهم يتطلع إلى وجوه الآخرين، ثم قطعت (رانيا) حبل الصمت، وهي تقول:
- مصادفة طريفة بالفعل.
ولكن صوتها لم يكن يحمل شيئًا من المرح، بل كان جادًا، حاسمًا، و.. وغاضبًا.

✿✿✿

البحث..

انعقد حاجبا (كوفي) في شدة، وهو يطالع الورقة، التي قدمها إليه (لافي)، ثم قال في اهتمام بالغ:

- أهم ثلاثة فقط يحملون أسماء تبدأ بحرف الراء؟

أجابه (لافي) في اقتضاب فظ:

- نعم يا سيَّدي.

سأله (كوفي) بصرامته المعهودة:

- وهل أرسلت رجالك خلفهم؟

أومأ (لافي) برأسه إيجابًا، فعاد (كوفي) يسأله:

- وماذا فعلوا، عند خروجهم من المطار؟

اجابه (لافي):

- رجل الأعمال (رياض عزيز) ذهب إلى فندق (ريتز)، ويقيم هناك في الغرفة رقم (٦٠٦) والمصور (رشاد سعيد) استقل سيارة أجرة، إلى أحد الأحياء التجارية، وصعد إلى شقة يملك مفتاحها، وبسؤال مالكتها، وجدنا أنه يستأجر تلك الشقة على نحو دائم، على الرغم من أنه لا يأتي إليها إلا مرة أو مرتين في العام، أما تاجر أدوات التجميل (رامي كامل)، فقد عاونته راكبة مصرية على العثور على فندق رخيص، ثم تركته هناك وانصرفت..

عاد (كوفي) يتطلّع إلى الورقة باهتمام أشدّ، ثم قال في حزم:

- استمرّ في مراقبتهم يا (لافي)، وأبلغني بأي شيء يثير شكوكك في تصرفاتهم، مهما بدا لك تافهًا.. هل تفهم؟

أجابه (لافي) بصوته الغليظ:

- فهمت يا سيّدي.

ثم انصرف بسرعة كعادته، والتفت (كوفي) إلى (إيتان)، الذي قال في قلق:

- ترى مَنْ من هؤلاء الثلاثة بغيتنا؟

نهض (كوفي) من مقعده، وهو يقول:

- لا تتعجل الأمور.

ثم صب لنفسه كأسًا من الخمر، مستطردًا بابتسامة مقيتة:

- إننا نحكم قبضتنا على الأمر الآن، ولن نلبث أن نكشف القناع عن وجه رجل المخابرات المصري هذا.

سأله (إيتان):

- وماذا لو عجزنا عن ذلك؟

اتسعت ابتسامة (كوفي)، وبدت أشبه بابتسامة نمر مفترس، وهو يقول:
- قلت لك اطمئن، ففي هذه الحالة لدي خطة بديلة..
ثم برزت أنيابه، وهو يستطرد:
- خطة أكثر حسمًا..

✿✿✿

استيقظت (رانيا) من نومها في الواحدة ظهرًا، وتثاءبت في تكاسل وهي تنظر إلى ساعتها، ثم تذكرت تلك المهمة العسيرة، التي كلّفها إياها رؤساؤها، فنفضت عنها كل الكسل وبقايا النعاس، ونهضت من فراشها تغتسل، ثم ارتدت ثوبًا أنيقًا، جعلها تبدو أشبة بممثلة سينمائية، مما جعلها تشعر بالأسف، وهي ترتدي فوقه معطفا للمطر، فتنهَّدت قائلة لنفسها:
- لا بأس.. فلننه المهمة أولًا، ثم نسعى خلف الأناقة والجمال فيما بعد.
غادرت فندقها، الذي يحتلّ ناصية كبيرة، من نواصي (الشانزليزيه)، وعبرت الطريق في خطوات سريعة، حتى بلغت مقهى يحمل لافتة عربية، تشير إلى جنسيه مالكه، وبحثت بين موائد المقهى عن شيء ما يعنيها، ثم مطت شفتيها في أسف، فارتفع من خلفها صوت مصري يقول:
- أتبحثين عن شخص ما؟
التفتت إلى صاحب الصوت وهتفت بدهشة:
- الأستاذ (رياض)؟!.. يا لها من مصادفة!!
ابتسم (رياض)، وهو يصافحها قائلًا:
- يبدو أنه يوم المصادفات الطريفة.
تمتمت في خفوت:
- هذا صحيح.
ثم عادت تتلفت حولها، فكرَّر سؤاله.
- أتبحثين عن شخص ما؟
أجابته في هدوء:
- نعم.. إنني أنتظر شخصًا ما.
سألها في حذر.
- أحبيب هو؟
ضحكت قائلة.
- بل زميل.. زميل عمل.
سألها في شك:
- وهل اعتدت لقاء زملاء العمل في المقاهي؟

بدا الضيق على وجهها، وهي تقول:
- هل تقترح مكانًا آخر؟
أجابها في سرعة:
- مكان العمل مثلًا.
لم تجب على الفور، وإنما صمتت بضع لحظات، قبل أن تجيب:
- هناك أسباب تمنع هذا.
تأملها لحظة أخرى في صمت، ثم أجاب:
- بالطبع.. اعذريني لتدخلي في شئونك.
استعادت ابتسامتها في سرعة، وهي تقول:
- لا عليك.
لم تكد تنطق عبارتها، حتى سطح مصباح التصوير في وجهها، كما حدث في الصباح، فالتفتت إلى مصدره، وهتفت في حدة:
- أهو أنت مرة أخرى؟
وانعقد حاجبا (رياض) في غضب، وهو يتطلَّع إلى (رشاد)، الذي هتف في مرح:
- إنني سعيد الحظ حتمًا، حتى ألتقي بكما معًا، مرتين في يوم واحد.
قالت (رانيا) في ضيق:
- إنها مجرَّد مصادفة.
أما (رياض)، فقال في حدة:
- حذار أن تلتقط لي صورة أخرى، دون استئذان، وإلا حطمت رأسك.
أمسك (رشاد) رأسه في تهالك مصطنع، وهو يهتف:
- يا إلهي!!.. أتريد تحطيم رأسي المسكين؟
صاح به (رياض) في غضب:
- كفى وإلا..
أسرعت (رانيا) تتدخل، خشية اشتعال الموقف، وسألت (رشاد):
- ما الذي أتى بك إلى هنا؟
هزِّ (رشاد) كتفيه، وقال:
- مجرَّد مصادفة كما تقولين، فلقد كنت أبحث عن أماكن تجمع العرب، في قلب (باريس)، وأنت تعلمين أن مقاهي (الشانزليزيه) هي أفضل مكان لما أبحث عنه.
رمقه (رياض) بنظرة شك، وهو يقول:
- فقط؟

تطلع إليه (رشاد) في برود، وهو يجيب:
- ألديك سبب أفضل؟
شعرت (رانيا) بالضجر، من هذه المشاحنات الطفولية، التي تنشب بين هؤلاء الكبار، وتنهَّدت في ارتياح، عندما لمحت زميلها يوقف سيارته أمام المقهى، وهتفت:
- وذا زميلي قد وصل.. معذرة.
تابعها (رياض) و(رشاد) ببصرهما، وهي تبعتد، وانتقل نظرها في تلقائية إلى ذلك الشاب الوسيم، الذي صافحته في حرارة، قبل أن يتخذا مائدة جانبية من موائد المقهى، وينهمكا في حديث مباشر، ثم هز (رشاد) رأسه، قائلًا:
- إنني أحسده في الواقع:
رمقه (رياض) بنظرة نارية، قبل أن يقول:
- وأنا أحذرك من التدخل في أموري مرة أخرى.
ابتسم (رشاد) في استهتار، وقال:
- ومن يرغب في ذلك؟
ثم ابتعد في لا مبالاة، وسرعان ما اختفى وسط زحام (الشانزليزية)، فعقد (رياض) حاجبية، وغمغم:
- أهي مصادفة حقًّا أيها المصوّر؟
ثم اتجه إلى ركن قصي، وأخرج هاتفه المحمول ثم ضغط شاشته، وما أن تلقي صوت محدِّثه، حتى قال بصوت خافت:
- مساء الخير يا (عوني).. نعم.. إنه أنا.. اسمعنى جيدًا.. هناك شاب وصل معي على نفس الطائرة، ويدعى (رشاد سعيد).. نعم. أخشى أن يفسد العملية كلها.. ابحث عنه، وحاول إزاحته من الطريق بأي ثمن.
أنهى المحادثة عند هذا القدر، ثم التفت لينصرف، لولا أن وقع بصره على ذلك الشاب، الذي التقت به (رانيا).
وانعقد حاجباه في دهشة..
لقد كان هناك شيء يبرز داخل سترة الشاب نصف المفتوحة..
وكان هذا الشيء قبضة..
قبضة مسدس كبير..

✿✿✿

ارتشف (كوفي) رشفة من كأسه في بطء، وهو يسأل (لافي) في اهتمام:
- وماذا فعل ذلك المصوِّر، بعد انصرافه من المقهى؟
أجابه (لافي):

لقد اتجه مباشرة إلى (قوس النصر)، واستقلّ سيارة (ستروين) زرقاء، كانت تنتظره هناك، وانطلق رجالنا خلفها، ولكنها راوغتهم في مهارة، ونجحت في الإفلات منهم، في قلب المدينة.

عقد (كوفي) حاجبيه في ضيق، وهو يقول:

- وكيف تنجح في ذلك؟

أجابه (إيتان) في توتر:

- لأنها سيارة محترفين.

التفت إليه (كوفي)، قائلًا في عصبية:

- ماذا تقصد بهذا؟

أجابه في حدة:

- أتريد دليلًا أقوى من هذا يا رجل؟.. إننا نبحث عن محترف، بين ثلاثة رجال، ثم نلتقي بأحدهم، وهو يأتي أفعالًا غامضة، وعندما نتبعه يستقل سيارة، تنجح في الفرار منا بمهارة.. ألا يعني لك هذا أنه الرجل الذي نبحث عنه؟

صمت (كوفي) لحظات مفكرًا، ثم قال:

- أظنك على حق.

ثم التفت إلى (لافي)، وقال في حزم:

- فليكن.. إننا لن نخسر شيئًا.. مر رجالك بقتل ذلك المصور.. فمن يدري؟

وهز كتفيه، مستطردًا:

- ربما.

❁❁❁

ابتسم (رشاد) في هدوء، وهو يصافح ذلك الرجل، الذي التقى به في شقة صغيرة، على مشارف العاصمة الفرنسية، وقال الرجل في جدية واهتمام:

- كيف حال مهتمك؟

أجابه (رشاد)، وهو يضع آلة التصوير إلى جواره:

- كل شيء على ما يرام، وأظنني سأبلغ الهدف قريبًا.

مال الرجل نحوه، وهو يقول:

- احترس جيدًا يا رجل، فمهمتك لن تكون سهلة أبدًا.

أومأ (رشاد) برأسه، قائلًا:

- أعلم ذلك.

ثم أضاف في لهجة تشف عن إصراره:

- ولكنني سأتمها بإذن الله.

ابتسم الرجل في ارتياح، وقال:

- وفقك الله ياصديقي.

ثم نهضا يتصافحان، وقال (رشاد):

- أظن أنه من الأفضل ألا نلتقي مرة أخرى، حتى أتم مهمتي.

أجابه الرجل:

- هذا صحيح، ولكن أخبرني.. أين يمكننا أن نجدك؟

هزَّ (رشاد) كتفيه، وقال:

- في (الشانزليزيه).. سأعود إليه الآن، وأتواجد فيه كلما وجدت وقتًا لذلك، ففكرة التحقيق الصحفي عن التجمعات العربية في مقاهيه فكرة جيدة، وتمثل تغطية مناسبة للمهمة الأساسية.

ربَّت الرجل على كتفه قائلًا:

- لا بأس يا (رشاد)؛ ولكن احترس.

ابتسم (رشاد)، قائلًا:

- سأفعل يا سيدي.. اطمئن.

وانصرف عائدًا إلى (الشانزليزية)..

حيث ينتظره القدر..

القاتل..
ارتشف الشاب الجالس مع (رانيا) رشفة من قدح القهوة، وهو يتطلَّع إلى هذه الأخيرة، قائلًا:
- أعلم مهمتك بالغة الحساسية والخطورة، ولكنك أصلح من يقوم بها.
تنهَّدت قائلة:
- ولكنني أشعر بخوف شديد في أعماقي.
وافقها بإيماءة من رأسه، وقال:
- هذا أمر طبيعي، في مثل هذه الظروف، فالمهمة ليست بهذه البسيطة.
ثم مال نحوها، مستطردًا:
- ولكننا سنقف إلى جوارك في كل خطوة.
لوَّحت بكفها، قائلة:
- ماذا تعني بأنكم ستقفون إلى جواري؟.. أنت تعلم مثلي أن الخطة تقتضي قيامي بالمهمة وحدي.
أجابها في هدوء:
- هذا صحيح، لأنك آخر شخص يمكن أن تحيط به الشبهات، ولكننا نراقبك خفية، وسنتدخل إذا ما تأزمت الأمور.
سألته في قلق:
- ولكنك قلت من قبل إنهم يعرفونكم جميعًا.
ابتسم قائلًا:
- ذلك الذي يراقبك ليس أحدنا.
سألته في فضول:
- من هو إذن؟
اتسعت ابتسامته، وهو يجيب:
- ستعلمين قريبًا..
عقدت حاجبيها في ضيق، وهي تقول:
- إنني أكره هذا الغموض.
هز كتفيه، وقال:
- ربما، ولكن هذا أفضل لحمايتك.
قالت في غضب:
- لا بأس، ما دمتم ترون هذا.
تلاشى غضبها فجأة، وهي تتطلع إلى نقطة بعيدة، فسألها الشاب:

- ماذا حدث؟
لوَّحت بكفها، قائلة:
- إنه يوم المصادفات بالفعل.. هل ترى ذلك الذي يحاول عبثًا التحدث مع شرطي المرور.. إنه راكب جاء معي على نفس الطائرة.
ألقى نظرة سريعة على النقطة التي تشير إليها، وابتسم ابتسامة باهتة، عندما وقع بصره على (رامي)، الذي يقف أمام شرطي المرور، ملوحًا بكفيه في سرعة، وكأنما يحاول استخدام لغة الإشارة مع الشرطي، الذي بدا بدوره ضجرًا ملولًا، يحاول إقناع (رامي) بتركه، ونهض الشاب، قائلًا:
- سأنصرف الآن، ولنلتق مرة أخرى في نفس الموعد، بعد غد.
غمغمت:
- فليكن.
ثم نهض تعبر الطريق، حتى بلغت موضع (رامي) وشرطي المرور، وقالت:
- ألم تتعلم الفرنسية بعد؟
التفت إليها (رامي) في دهشة، ثم تهلّلت أسايره، وهو يهتف:
- (رانيا)؟!.. يا لحظي الحسن!.. أرجوك أخبري هذا الشرطي أنني أبحث عن واحدة من سيارات الأجرة.
ضحكت وهي تسأله:
- وما شأن الشرطي بهذا؟
سألها في دهشة:
- ما شأنه؟!.. أليس شرطي مرور؟
ضحكت مرة أخرى، واعتذرت للشرطي بالفرنسية، فلوح لها الشرطي بذراعيه، ورجاها أن تصحب (رامي) معها بعيدًا، فأمسكت ذراع (رامي)، وقالت:
- تعال.. سأدعوك لاحتساء قدح من القهوة العربية.
هتف في سعادة:
- حقًا؟!
لم تتمالك نفسها من الابتسامة، مع أسلوبه التلقائي البسيط، وسألته في مودة:
- هل التقيت بتجار مواد التجميل؟
مط شفتيه في أسف،، قائلًا:
- نعم، ولكن يبدو أنك على حق.
سألته في اهتمام:

ـ أهي مشكلة أسعار؟

أجابها في تعاسة:

ـ بل مشكلة كمية.. إنهم مستعدون لمنحي كل التسهيلات اللازمة، بشرط أن يكون حجم تعاملي السنوي معهم مليون يورو على الأقل، وهذا يفوق رأسمالي كثيرًا جدًا.

غمغمت متعاطفة:

ـ يا للأسف!.. وماذا ستفعل الآن؟

أجابها في بساطة:

ـ سأبحث عن شيء آخر، يصلح للبيع في (مصر).

ضحكت قائلة:

ـ ألا تستسلم أبدًا؟

قال في بساطة:

ـ ولماذا أفعل؟

راودها بعض الإعجاب تجاهه، ووجدت نفسها تقول:

ـ كم تروق لي شخصيتك يا (رامي)؟

هتف في سعادة:

ـ حقًا؟

أطلقت ضحكة عذبة، وقالت:

ـ هل لاحظت أنك تردد هذه الكلمة كثيرًا جدًا؟

هتف دون وعي:

ـ حقًا!

ثم اشتركا في ضحكة طويلة، قطعها صوت (رشاد)، وهو يقول:

ـ أهي نكتة طريفة إلى هذا الحد؟

التفتا إليه في حركة واحدة وابتسمت (رانيا) وهي تقول:

ـ أهلًا يا (رشاد).. لقد تصورت أنك قد انصرفت مع (رياض).

أجابها في مرح:

ـ لا.. لقد انهمكت في تصوير بعض المقاهي الأخرى فحسب.

أشارت إلى (رامي) قائلة:

ـ هل تذكر..

قاطعها بسرعة:

ـ (رامي كامل).. نعم.. أذكره.

ابتسم (رامي) وهو يقول:

- أنا أيضًا أذكرك.. أنت المصور الصحفي.. أليس كذلك؟
في نفس اللحظة التي دار فيها بينهم هذا الحديث، كان هناك رجل نحيل، يجلس في إحدى الشرفات المطلة على (الشانزليزيه)، ويحمل بيده جهاز اتصال لا سلكي، ومنظارًا مقربًا، ولم يكد يلمح (رشاد)، حتى ضغط زر الاتصال بالجهاز، وقال بصوت خشن أجش:
- لقد عاد المصوِّر.
أتاه الجواب مقتضبًا، صارمًا، حازمًا:
- اقتله.
ابتسم النحيل في جذل، وقال:
- سأفعل.
ثم وضع جهاز الاتصال والمنظار على مائدة قريبة، والتقط بندقية ذات منظار، رفعها إلى كتفه، وألصق عينه بمنظارها، وهو يقول:
- إنه آخر أيامك في هذه الحياة أيها المصري.
ولم تكد صورة (رشاد) تتوسط منظاره، حتى أضاف:
- الوداع.
وضغط الزناد..

✿✿✿

الشك..

أشار (رامي) إلى آلة التصوير، التي يعلقها (رشاد) على كتفه، وبدا شديد الاهتمام، وهو يسأله:

- قل لي يا سيّد (رشاد): هل تعرف الكثير عن آلات التصوير هذه؟

ابتسم (رشاد)، وهو يقول:

- بالطبع.. إنه عملي.

مد (رامي) يده نحو آلة التصوير بحركة سريعة، وهو يقول:

- هل يمكنك أن تعلمني ما تعرفه إذن، أو..

كانت حركته أسرع مما ينبغي، فاندفع نصفه العلوي إلى الأمام، قبل أن تخطو قدمه خطوة واحدة، مما أفقده توازنه، فسقط مرتطمًا بـ(رشاد)، وهو يهتف:

- آه.. معذرة..

ولكنه جذب (رشاد) معه في سقطته، و...

وانطلقت الرصاصة القاتلة..

وصرخ قاتل (الموساد) في غضب:

- يا للحظ السيء.

قالها، لأن تلك السقطة المفاجئة أطاشت رصاصته، وجعلتها تتجاوز (رشاد)، وتصيب أحد الأقداح فوق المائدة المجاورة..

تفجر القدح كالقنبلة، وتناثرت محتوياته على وجوه وأجساد المحيطين به، فأدارت (رانيا) رأسها في سرعة إلى مصدر الرصاصة، واتسعت عيناها في شدة، عندما وقع بصرها على القاتل الممسك ببندقيته، وهتفت:

- يا إلهي!

أما (رشاد)، فقد أدرك الأمر منذ النظرة الأولى، فهب واقفًا، واندفع نحو (رانيا)، التي هتفت:

- إنها.. إنها..

قاطعها وهو يجذبها إلى داخل المقهى:

- محاولة قتل.. نعم.. هذا واضح.

أدارت عينيها في سرعة إلى (رامي)، الذي يحاول النهوض في ارتباك، وصاحت:

- (رامي).. إنه هناك.

أجابها في حزم:

- اطمئني.. إنهم لا يقصدونه.
لم يقنعها قوله، وظلت تتطلّع في قلق إلى (رامي)، الذي نجح في الوقوف، واندفع بدوره داخل المقهى، هاتفًا:
- ماذا حدث؟.. ماذا حدث؟
ربت (رشاد) على كتفه مهدئًا، وهو يقول:
- إنني أدين لك بحياتي يا رجل، فلولا عثرتك هذه، لفجَّرت هذه الرصاصة رأسي، بدلًا من ذلك القدح، وهذا ما يؤكده مسارها.
حدَّق (رامي) في وجهه بذهول، وهوي يردَّد:
- رأسك؟!
ثم هتف في ذعر:
- ماذا يحدث هنا؟
كان الهرج يسود المقهى، من جراء تلك الرصاصة المفاجئة، فقال (رشاد):
- لا عليك يا رجل.. لا تحاول فهم كل يدور حولك.. إنك هنا في (باريس)، ولست في (القاهرة).
ثم اندفع نحو بوَّابة المقهى، مستطردًا في حزم:
- وأظن هذا يحتم ضرورة العمل بسرعة أكبر.
هتفت به (رانيا):
- احترس، قد يكون ذلك القاتل منتظرًا، أو..
قاطعها ملوحًا بيده:
- لا.. لا أعتقد هذا.. إنه لن ينتحر لقتلي.
اختفى بسرعة بين المارة، فهتف (رامي):
- أخبريني بالله عليك، ماذا يحدث؟
تطلعت إلى ملامحه الطفولية المذعورة، ووجدت نفسها تبتسم في حنان، على الرغم من الموقف، وتقول:
- اطمئن يا (رامي).. لن يصيبك أي ضرر.
لوّح بذراعه في يأس، وهو يقول:
- لن يصيبني أي ضرر؟!.. كيف تفسيرين كل ما يحدث إذن؟.. لقد فشلت في عقد صفقة أدوات التجميل، التي جئت خصيصًا من أجلها، ولم أكد أفكر في عقد أدوات تصوير، حتى انطلقت رصاصة قاتلة نحونا، فماذا تريدين أسوأ من هذا؟
ابتسمت قائلة:
- أن تصيبك الرصاصة.. هذا هو أسوأ ما يمكن أن يحدث.

تطلع إلى وجهها في سعادة، هاتفًا:
- حقًا؟!.. هل يهمك أمري إلى هذا الحد؟
تضرج وجهها بحمرة الخجل، وهي تشيح بوجهها، قائلة:
- إننا غريبان هنا.. أليس كذلك؟
أجابها في سرعة:
- بلى.
ثم أضاف في خفوت:
- ولكنني سأجلس في هذا المقهى كل ليلة، وسيسعدني كثيرًا أن التقي بك، ولو لحظات.
أدهشتها كلماته، ولكنها أصابت جزءًا من أعماقها في الوقت نفسه، وهو يرفع صوته مستطردًا:
- معذرة.. ينبغي أن أنصرف الآن، فسأحاول عقد صفقة أقمشة.. إلى اللقاء.
تابعته ببصرها وهو ينصرف بخطوات سريعة، وارتسمت على شفتيها ابتسامة حانية رقيقة، وهي تتساءل في أعماق نفسها عن سر إعجابها به..
أهي بساطته المتناهية؟..
أم هي طيبته الواضحة؟..
واعترفت لنفسها بأنها تميل إليه، وتجد السعادة في لقائه، ثم لم يلبث ذهنها أن أعاد إليها ذكرى مهمتها المعقدة، وتذكرت محاولة القتل، فانعقد حاجباها في صرامة، وهي تقول:
- دعنا من العواطف الآن، ولنعد إلى العمل.
والتقطت هاتفها المحمول، وضغطت أزراره في حسم.. وعادت تواصل مهمتها..

✿✿✿

دقِّ (كوفي) سطح مكتبه بقبضته في عنف وغضب، وهو يهتف في ثورة:
- فشلت؟!.. ماذا أصابكم؟.. هل صرتم مجرّد هواة؟.. كيف تفشل في قتل رجل واحد؟
عقد القاتل حاجبيه في ضيق، وهو يجيب في توتر:
- إنها أوَّل مرة يحدث فيها هذا يا مستر (كوفي).. إنني لم أفشل في أية مهمة من قبل، ورصاصتي لم تخطئ رأسًا قط، ولكن ذلك الممتلئ تعثر فجأة، و...
عاد (كوفي) يضرب سطح مكتبه بقبضته، صارخًا:
- لا أريد أية أعذار.. أريد رجل المخابرات المصري هذا بأي ثمن.

ارتشف (إيتان) الرشفة الأخيرة من كأسه، قبل أن يقول في عصبية:
- هذا لو أن ذلك المصوِّر هو من نبحث عنه.
التفت إليه (كوفي) في حركة حادة، فأشار (إيتان) بطرف كأسه إلى (لافي)، قائلًا:
- أخبره ما لديك
أدار (كوفي) عينيه إلى (لافي) في صرامة، فأسرع هذا الأخير يقول:
- لقد تبع أحد رجالنا (رياض عزيز)، بعد انصرافه من الملهى، وعلى الرغم من أن رجلنا محترف، إلا أن (رياض) هذا قد كشف أمر مطاردته له، فراوغه في مهارة مدهشة، ونجح في الإفلات من المراقبة، وسط شوارع (باريس)، وعلى الرغم من هذا، فهو لم يعد إلى فندقه بعد.
عقد كوفي حاجبيه في شدة، وهو يقول:
- وما الذي يعنيه هذا؟
صبّ (إيتان) لنفسه كأسًا أخرى، وهو يقول:
- يعني بكل بساطة أن (رياض) هذا ليس مجرَّد رجل أعمال عادي.
وألقى محتويات الكأس في حلقه دفعة واحدة، ثم سعل مع احتقان وجهه، قبل أن يضيف في حزم:
- إنه محترف.
ران الصمت على المكان لحظات، قبل أن يكرِّر (كوفي) في شراسة:
- محترف؟!
ثم اتجه إلى مقعده الوثير، وألقى جسده فوقه، وراح يفكر في عمق، وقد انعقد حاجباه على نحو مخيف، ثم قال في حدة:
- هل يتعمدون إرباكنا؟
أجابه القاتل في برود:
- يمكننا قتله أيضًا.
أدار (كوفي) عينيه إليه في صمت غاضب، وظل على هذا الوضع نصف دقيقة كاملة، قبل أن يقول في حنق:
- يا له من اقتراح؟!
قال (إيتان) في صرامة:
- ولكن يبدو أنه أفضل ما لدينا، فقتل كليهما أفضل من المخاطرة بقتل الشخص الخطأ.
قال (كوفي) في حدة:
- وماذا عن الثالث، (رامي كامل) هذا؟

هز (إيتان) كتفيه، قائلًا:
- إنه لا يبدو لي رجل مخابرات أبدًا.
قال (كوفي) في صرامة:
- فليكن.. لن أخاطر بتركه على قيد الحياة.
ثم التفت إلى قاتله المحترف، وأضاف في حزم:
- اقتلهم جميعًا.
تألقت عينا القاتل المحترف في شراسة، وأضاف في حزم:
- كما تأمر يا سيِّدي.
وغادر المكان في خطوات ثقيلة قوية، جعلت (إيتان) يتابعه في صمت، قبل أن يقول في لهجة أقرب إلى السخرية:
- يا له من وحش بشري!!
نهض (كوفي) من مقعده، واتجه إلى السلم، الذي يقود إلى الطابق الثاني، حيث حجرة نومه، وهو يقول في صرامة:
- عملنا يحتاج دائمًا إلى تلك الوحوش البشرية.
تمتم (إيتان) في لهجة غامضة:
- حقًّا؟!
رمقه (كوفي) بنظرة صارمة، ثم بدأ يصعد في درجات السلم، قائلًا في لهجة آمرة:
- إنني أحتاج إلى قسط من النوم، ولا أريد أن يزعجني أحد.
اعتدل (لافي) في وقفة عسكرية، وهو يقول:
- كما تأمر يا سيدي.
صعد (كوفي) إلى الطابق الثاني، وهو يغمغم في عصبية:
- لا أحد يقدر خطورة الأمر.
ودفع باب حجرة نومه في حدة، ثم مدّ يده ليشعل الضوء، و...
وفجأة لمح تلك الهراوة المتجهة إلى رأسه في الظلام..
وفتح شفتيه ليهتف بشيء ما..
ولكن الهراوة سبقته، و..
وسقط فاقد الوعي..

✿✿✿

هجوم مضاد..

نهض مدير الشركة المصرية الفرنسية، يستقبل (رانيا) بابتسامة عريضة، وصافحها في حرارة، وهو يقول بالفرنسية في ترحاب:

- مرحبًا بك في (باريس) يا آنسة (رانيا).

صافحته (رانيا) بدورها، وهي تقول:

- أشكرك يا سيدي، وأرجو أن تكون مهمتي ناجحة هذه المرة.

جلس محتفظًا بابتسامته، وهو يقول:

- ستكون كذلك بالتأكيد.. صحيح أنها أول مرة نلتقي فيها وجهًا لوجه، ولكن لدي شعور بأنك تصلحين لهذا العمل تمامًا.

أومأت برأسها شاكرة، ثم جلست على المقعد المقابل لمكتبه، وسألته على نحو مباشر مباغت:

- ما المطلوب مني عمله بالضبط؟

كان من الواضح أن أسلوبها قد فاجأه، فلقد تراجع بحركة حادة، وهو يتطلع إليها في دهشة، ثم لم يلبث أن ابتسم، وهو يعود للميل نحوها، قائلًا:

- هل تتعجلين بدء العمل إلى هذا الحد؟

أجابته في هدوء، لم يخل من الصرامة:

- لقد سافرت من (القاهرة) إلى (باريس)، وأنا أجهل طبيعة مهمتي، ولن أحتمل البقاء هنا طويلًا، دون معرفة المطلوب مني بالضبط.

ابتسم وهو يومئ برأسه، قائلًا:

- أنت على حق.

واقترب بوجهه منها، قائلًا في لهجة تشف عن خطورة الأمر:

- سأخبرك.. سأخبرك بالمطلوب منك بالضبط.

واستمعت إليه في اهتمام بالغ..

وبدأت تشعر بصعوبة مهمتها..

وخطورتها..

✿✿✿

أوقف (رياض عزيز) سيارته، في موقف السيارات الخاص بفندق (ريتز)، وغادرها في هدوء، حاملًا حقيبة أنيقة صغيرة، وشفتاه تحملان ابتسامة ظافرة واضحة، جعلت عامل الموقف يتجه إليه في سرعة، ويهتف بابتسامة واسعة:

- هل ربحت صفقة جيدة يا سيدي؟

اتسعت ابتسامة (رياض)، وهو يربت على الحقيبة، قائلًا:
- إلى حد ما.
تهللت أسارير العامل، عندما نقده (رياض) بقشيشًا كبيرًا، وراح يهتف خلفه.
- تهانئي ياسيدي.. تهانئي.
استقلّ (رياض) مصعد الفندق الفاخر إلى الطابق السابع من الفندق، حيث جناحه الأنيق، وتمتم لنفسه، وهو يفتح باب الجناح:
- أظنها أفضل صفقات هذا العام.
دلف إلى الجناح المظلم في هدوء، وأغلق بابه خلفه، دون أن يشعل الأضواء، ثم ألقى حقيبته فوق الفراش الوثير، الذي تسلل إليه ضوء القمر، عبر النافذة، وألقى فوقه خيوطًا فضية رفيعة، وخلع سترته في هدوء، و... وفجأة لمح ذلك البريق الخافت، عند طرف ستارة النافذة..
وفجأة أيضًا أدرك طبيعته..
وفي لحظة واحدة، انطلقت تلك الرصاصة الصامتة، من فوهة المسدس مزوَّد بكاتم للصوت، وانحنى (رياض)..
ومن المؤكد أنه قد انحنى في الوقت المناسب تمامًا، فقد سمع أزيز الرصاصة، وهي تعبر فوق رأسه، قبل أن ينقضّ على مصدرها بكل قوته..
وأمسكت يده معصم صاحب المسدس، ورفع ذراعه إلى أعلى، وهو يجذبه إليه في شدة، هاتفًا:
- هيا يا رجل.. اخرج وواجهني.
هوت قبضة القاتل على معدته، وهو يهتف في شراسة:
- فليكن، ولكنك ستندم على المواجهة.
احتمل (رياض) آلام اللكمة، وضرب يد القاتل بحافة النافذة، ليجبره على إفلات مسدّسه، ثم كال له لكمة عنيفة في فكه، ألقته أرضًا، وهو يقول:
- أتظن الندم سيكون من نصيبي حقًا؟
سقط القاتل على ظهره، ثم هبّ واقفًا على قدميه، وهو يهتف:
- بالتأكيد.
ثم اندفع نحو (رياض) صارخًا:
- إنك لن تربح أبدًا.
تفادى (رياض) انقضاضة القاتل في قفزة جانبية رشيقة، ثم هوى رأسه بلكمة قوية، ألقت الرجل أرضًا، ولكنها لم تفقده وعيه، فعاد يعتدل في حركة حادة، جعلت يده تلتقط مسدسه الساقط إلى جوار النافذة، فهب واقفًا، ورفع فوهته نحو رأس (رياض)، صارخًا:

- مت أيها المصري.. مت.
وانطلقت الرصاصة..

✿✿✿

انتفض (كوفي) في حدة، عندما استعاد وعيه دفعة واحدة، وهب جالسًا على أرضيه حجرته، هاتفًا:

- اللعنة!

اتسعت عيناه في ذهول، وهو يحدِّق في حجرته، التي انقلبت رأسًا على عقب، وأفرغت أدراجها عن آخرها، واحتبست الكلمات في حلقه لحظات، قبل أن يصرخ:

- (لافي)

سمع وقع أقدام رجلين، يصعدان السلم في سرعة وعجل، ثم اقتحم حجرته (لافي) و(إيتان)، اللذان حدقا في الحجرة في ذهول مماثل لذهوله، قبل أن يهتف (إيتان) في استنكار:

- يا للشيطان!.. ماذا حدث؟

قفز (كوفي) واقفًا على قدميه، وهو يهتف:

- لقد اقتحم أحدهم حجرتي.

ثم اندفع نحو أحد الأدراج، وراح يفحص محتوياته في عصبية، و(إيتان) يقول في ذهول:

- اقتحم حجرتك، ولكن كيف؟

صرخ (كوفي):

- هل تسألني؟

ثم ألقى الدرج أرضًا في غضب، مستطردًا:

- لقد سرق أوراق بالغة الخطورة.

تراجع (إيتان) هاتفًا في شحوب:

- يا للهول..

في حين عقد (لافي) حاجبيه في صمت وتوتر، وهو يقول:

- سيدي.. هذه البطاقة.

صاح به (كوفي) في حدة.

- أية بطاقة؟

مد (لافي) يده في تردد، وانتزع بطاقة مثبتة في ياقة المعطف المنزلي لـ(كوفي)، واتسعت عيناه في جزع، وهو يهتف:

- اللعنة!

اختطف منه (كوفي) البطاقة، واتسعت عيناه في ذهول وغضب، وهو يقرأ العبارة المطبوعة فوقها في أناقة، قبل أن يلقيها أرضًا، صارخًا:
- فليذهب هؤلاء المصريون إلى الجحيم.
ودون أن يتحرك (إيتان) من مكانه، التقطت عيناه تلك العبارة المطبوعة فوق البطاقة، والتي تقول:
- مع تحيات المخابرات العامة المصرية.
وانعقد حاجباه في غضب..

✿✿✿

حمل (رامي كامل) حقيبته تحت إبطه، وهو يسير في خطوات متثاقلة، مقتربًا من فندقه الرخيص، في شارع جانبي من شوارع باريس، وأخذ يطلق من بين شفتيه صفيرًا منغومًا، للحن مصري شعبي قديم، يعكس طبيعته المصرية، ومنشأه في حي (الموسكي)، ثم لم يلبث أن تثاءب مغمغمًا:
- يبدو أنني أحتاج إلى نوم عميق.
لم ينتبه، وهو يسير بهذا التراخي، إلى رجل ضخم الجثة، يتبعه منذ غادر الشارع الرئيسي، على الرغم من أن الضوء الآتي من خلفه، كان يلقى ظل الرجل إلى جوار ظلّه مباشرة..
ثم توقف (رامي) بغتة، وانحنى يتطلع إلى رباط حذائه، قبل أن يهتف، في لهجة تجمع ما بين السخط والضجر:
- يا لرباط الحذاء اللعين!.. لماذا يصرّ على الإفلات دائمًا، عندما أكون مجهدًا، إلى الحد الذي يمنعني من الانحناء؛ لإعادة ربطه.
زفر في ضيق؛ ومال ليستند بظهره إلى الحائط، ثم لم يلبث أن اعتدل في حدة، هاتفًا:
- يا إلهي.. كنت أؤذي.. نفسي.
ابتعد قليلًا عن صندوق معدني صغير، ثم عاد يستند إلى الحائط، وانحنى يعقد رباط حذائه في إحكام، وهو يقول:
- حاول ألا تفلت مرة أخرى أيها اللعين.
توقّفت أمامه، في نفس اللحظة، قدمان كبيرتان، فتطلع إليهما وهو منحن، ثم رفع رأسه يتطلّع إلى وجه صاحبهما، الذي بدا ضخمًا شرسًا، برأسه الأصلع وملامحه الغليظة، فاعتدل (رامي)، وقال بابتسامة مرتبكة:
- معذرة.. كنت أعقد رباط حذائي فجسب، و..
اتسعت عيناه، عندما استل الرجل فجأة خنجرًا ضخمًا، وهتف (رامي):
- ماذا تفعل؟

وبلا رحمة، هوى الضخم بخنجره على صدر (رامي)..
وانطلقت صرخة مخيفة في الشارع الضيق..
صرخة رجل يحتضر..

ليلة الدم..

ارتجف جسد (كوفي)، مع رنين الهاتف المجاور له، في ردهة الفيلا، التي يقيم فيها في (باريس)، وأسرعت يده تلتقط السمَّاعة، وهو يقول في حذر:

ـ المكتب الثقافي الإسر..

بتر عبارته دفعة واحدة، وارتجفت شفتاه في توتر، جذب انتباه (إيتان)، الذي ارتشف رشفة من كأسه، وهو يراقبه في إمعان، وكاد يقسم بمعرفته المتحدث، على الطرف الآخر للخط، عندما سمع (كوفي) يقول في ارتباك:

ـ نعم.. أنا هو يا سيدي.

مضت لحظات طويلة، استمع خلالها (كوفي) إلى الهاتف في صمت، قبل أن يجفف عرقه بأصابعه، ويقول:

ـ الواقع يا سيِّدي أننا نجهل من هو بالضبط، و..

كانت مقاطعة المتحدث له واضحة، عندما أصغى مرة أخرى في اهتمام، قبل أن يتمتم:

ـ بالطبع يا سيِّدي.. بالطبع.. لقد أصدرت أوامري بذلك.

ثم تراجعت رأسه بحركة حادة، أوحت بأن الطرف الآخر قد أنهى المحادثة في عنف، وأعاد (كوفي) السماعة إلى موضعها، وهو يقول في سخط:

ـ اللعنة!

سأله (إيتان) في هدوء ظاهري، حاول أن يخفي به شماتته:

ـ أهي (تل أبيب)؟

أجابه (كوفي) في حدة:

ـ بل (القدس).

رفع (إيتان) حاجبيه في دهشة، وهو يقول:

ـ ولكن ماذا يريدون؟

هب (كوفي) من مقعده، وهو في سخط غاضب:

ـ إنهم المصريون الأوغاد.. لقد أرسل رجلهم برقية شامتة، إلى القيادة العامة في (القدس)، يخبرهم فيها باستيلائه على أوراقنا.

رفع (إيتان) حاجبًا واحدًا، وهو يقول في دهشة:

ـ هكذا.

ثم انعقد حاجباه، وهو يضيف:

ـ يبدو أن ذلك المصري أخطر مما نتصوَّر.

قال (كوفي) في سخط:

- ولكنه لن يغادر (باريس) حيًا.
وتطلَّع إلى ساعته، قبل أن يضيف في حزم، لا يخلو من رنة ساخطة:
- لو سارت الخطة على مايرام، فسيعني هذا أن المصريين الثلاثة قد لقوا حتفهم الآن.
وبدا أشبة بالشيطان نفسه، وهو يضيف:
- وأن هذه العبة الهزلية قد انتهت.

✿✿✿

لم تشعر (رانيا)، في حياتها كلها، بالقلق والتوتر، مثلما شعرت بهما في هذه الليلة، وهي تجلس وحيدة، في حجرتها بالفندق.
كانت تعلم أن مهمتها ليست باليسيرة، بل أنها أخطر مهمة أسندت إليها، حتى هذه اللحظة، ولكن هذا لم يكن مبعث قلقها الحقيقي، وإنما كان هذا القلق غامضًا، ينبعث من أعماقها، ويتصاعد إلى رأسها، دون أن يحمل معه هويته أو أسبابه..
وفجأة قفزت صورة (رامي) إلى ذهنها..
صورته كلها، بملامحه الطفولية الطيبة، وابتسامته البسيطة الوادعة، وتلقائيته المحبَّبة..
ووجدت نفسها – فجأة – ترغب في رؤيته..
ودون أن تضيع لحظة واحدة في التفكير، نهضت ترتدي ثيابها، وغادرت حجرتها، واستقلّت واحدة من سيارات الأجرة، لتقلها إلى الفندق الصغير الذي يسكن فيه..
وعندما بلغت الفندق، كانت عقارب الساعة تشير إلى دقيقتين بعد الحادية عشر، مما جعلها تتردَّد لحظة، قبل أن تسأل موظف الاستقبال:
- هل عاد السيد (رامي) إلى حجرته؟
ألقى الموظف نظرة سريعة على لوحة المفاتيح خلفه، ثم هز رأسه نفيًا، وقال:
- لا يا مدموازيل.. لم يصل بعد.
تردَّدت مرة أخرى، ثم أشارت إلى ردهة الفندق، قائلة:
- هل يمكنني انتظاره؟
أجابها في بساطة:
- بالطبع.
اتجهت إلى أحد مقاعد الردهة، وسألت نفسها وهي تجلس فوقه، عما إذا كان سلوكها يليق بفتاة مصرية أم لا؟

وفجأة، وقبل أن يأتيها عقلها بالجواب، انطلقت تلك الصرخة الرهيبة..
صرخة رجل يحتضر، وهو يعاني آلامًا رهيبة..
ودون أن تدري، وجدت نفسها تهتف باسم (رامي)، ثم تعدو مغادرة الفندق، إلى حيث انطلقت الصرخة..
ووقع بصرها عليه..
تجمَّدت مشاعرها كلها، عندما رأت (رامي) هناك..
وهتفت في لوعة، تمتزج بحنان جارف:
- (رامي)؟!
كان يلتصق بالحائط، جاحظ العينين، يرتجف في رعب هائل، وهو يحدِّق في جثة رجل، استندت إلى الحائط، وهي ترتجف ارتجافة بلا حياة، ويدها تمسك خنجرًا، التصق بصندوق الكهرباء الرئيسي للحي..
وبكل لهفتها وجزعها، اندفعت (رانيا) نحو (رامي)، وهتفت به:
- ماذا حدث؟
التفت إليها في رعب، وارتجفت الكلمات على شفتيه، وهو يجيبها:
- لقد حاول قتلي.. ذلك الرجل حاول طعني بخنجره.. لماذا حاول فعل هذا؟.. لماذا يحاولون قتلي في (باريس)؟
ربَّتت على كتفه في حنان، وهي تقول:
- اهدأ يا (رامي).. اهدأ.
ولكنه أشار للرجل، وهو يستطرد في فزع، محاولًا شرح موقفه لرواد الفندق، اللذين التفوا حوله في ذعر ودهشة، ينقلون بصرهم بينه وبين جثة الرجل:
- لقد حاول طعني بالخنجر، ولكن خنجره أصاب صندوق الكهرباء، فصعقه التيار.
ربَّتت (رانيا) على كتفه مرة أخرى، متمتمة:
- هذا من حسن حظك.. لقد نجوت من موت محقق.. هيا.. سنعود إلى الفندق.
عادت به إلى الفندق، وهو ما يزال يرتجف، وأسرع موظفو الفندق يبلغون الشرطة، و(رامي) يسأل (رانيا) في هلع:
- ولكن لماذا يحاولون قتلي؟.. ماذا فعلت؟
قالت في خفوت:
- إنك لم تفعل شيئًا، ولكن يبدو أن أحدهم يظن غير هذا.
ثم تطلَّعت إلى عينيه مباشرة، مستطردة:
- اسمعني جيدًا يا (رامي).. هل تعلم ما أفضل ما تفعله الآن؟

تطلع إليها متسائلًا، فأكملت في حزم:
- أن ترحل.. ارحل يا (رامي).. ارحل قبل فوات الآوان.
وكانت عبارتها صارمة حازمة..
ومخلصة..

✿✿✿

انطلقت رصاصة رجل (الموساد) نحو (رياض) تمامًا، ولكن (رياض) انحنى في اللحظة المناسبة.
وسمع الرصاصة، وهي تعبر فوق رأسه، ثم اندفع نحو الرجل، وهو يهتف:
- أخطأت الهدف للمرة الثانية أيها الوغد.
وكال للرجل لكمة كالقنبلة في فكه، مستطردًا:
- وليست لديك فرصة ثالثة...
زلزلت اللكمة كيان الرجل، ولكنه سقط دون أن يتخلى عن مسدسه، الذي حاول أن يرفعه مرة ثانية في وجه (رياض)، وهو يقول في غضب:
- من قال هذا أيها المصري؟
ركل (رياض) المسدس من يده، وهو يقول:
- أنا أقولها أيها الوغد.
ثم تراجعت قدمه في سرعة وقوة ومهارة، لتركل فك الرجل في عنف، وهو يضيف:
- ألديك مانع؟
سقط الرجل فاقد الوعي، فاعتدل (رياض)، وعدَّل من ثيابه، وهو يغمغم:
- لم أكن أتوقع أن تبلغ الأمور هذا الحد.
واتجه في هدوء إلى الهاتف، فالتقط سمَّاعته، وضغط أزراره برقم خاص، وانتظر حتى سمع صوت محدثه، فقال:
- إنه أنا يا (عوني).. اسمعني جيدًا.. لقد حاول أحدهم قتلي.. نعم.. هنا في حجرتي بالفندق.. لا.. لست أعرفه.. قل لي أولًا: ماذا حدث بشأن ذلك المصور؟
قبل أن يسمع جواب (عوني)، أتاه صوت من خلفه، يقول في غضب خانق:
- لا داعي لمعرفة الجواب يا رجل، فلن يسألك إياه أحد في الجحيم.
ألقى (رياض) سمَّاعة الهاتف من يده، واستدار في حركة حادة إلى مصدر الصوت، ووقع بصره على رجل (الموساد)، الذي استعاد وعيه بسرعة عجيبة، واستعاد معه مسدسه، ووقف يصوبه إلى (رياض)، وضوء القمر يتسلل عبر النافذة خلفه، ليصنع مع مسدسه مشهدًا مخيفًا..

ولكن (رياض) تحرَّك بسرعة..
أسرع مما توقع رجل (الموساد) بكثير..
لقد اندفع بغتة نحو الرجل، وقفز إلى أعلى، وأطلق صرخة قتالية قوية، وهو يضرب الرجل بقدمه في صدره، بكل ما يملك من قوة..
وتراجع جسد رجل (الموساد) في عنف..
وارتطم بالنافذة..
وحطَّم زجاجها، و..
وسقط..
وجلجلت صرخة الرجل، وهو يهوى من الطابق السادس، من فندق (ريتز)..
وخسر (الموساد) رجلًا ثانيًا، في تلك الللية..
ليلة الدم..

✿✿✿

عاد (رشاد) إلى شقته، في وقت متأخر من تلك الليلة، ولم يكد يدخلها، حتى ألقى آلة التصوير على أوَّل مقعد صادفه، وهتف لنفسه في إرهاق:
- يا له من يوم!
وتثاءب في صوت مرتفع، ثم اتجه إلى حجرة النوم، فأخرج منامته من الحقيبة، وهو يطلق من بين شفتيه صفيرًا منغومًا، متجهًا إلى الحمام.. وقبل أن يبلغ الحمام، ارتفع رنين الهاتف..
وفي أية ظروف أخرى، كان (رشاد) سيتجاهل الهاتف تمامًا، حتى يغتسل أولًا، ولكنه في هذه الظروف، خشى أن تكون المحادثة هامة، وتختص بمهمته الحساسة في (باريس)، فزفر مغمغمًا:
- دائمًا في الوقت غير المناسب.
واتجه نحو الهاتف، ومدّ يده نحو سمَّاعته، و.. ودوى انفجار في الحي.. انفجار كان مصدره شقة (رشاد)..
وهاتفه بالذات.

✿✿✿

الجميع..

"ما الذي يحدث هنا يا (رانيا)؟"

نطقها (رامي) في لهجة تجمع ما بين الضراعة والخوف والضيق، وهو يتطلع إلى وجه (رانيا)، قبل أن يضيف في مرارة:

- لماذا تطلبين مني الرحيل؟

أطرقت برأسها بعض الوقت، ثم زفرت في حرارة، وتطلَّعت إليه في صمت، جعله يكرر:

- لماذا يا (رانيا)؟

تمتمت:

- حتى أنقذك من خطر تجهله.

ارتفع حاجباه في ذعر، وهو يقول:

- خطر أجهله؟!.. أي خطر هذا يا (رانيا)؟

فركت أصابعها في توتر، وحاولت الفرار من نظراته المباشرة، وهي تقول:

- لن يمكنني أن أشرح لك الأمر يا (رامي)، ولكن يكفي أن تعلم أنني لست في (باريس)، بغرض عمل تقليدي، كما سبق أن أخبرتك.

حدَّق في وجهها بدهشة، وهو يقول:

- ماذا تقصدين؟

فرَّت من نظراته أكثر، وهي تجيب:

- إنني هنا في مهمة خاصة، ويمكنك أن تقول: إنها مهمة سرية.

ردّد في لهجة أقرب إلى الذهول:

- سرية؟!

ثم خفض صوته كثيرًا، وهو يسألها:

- لحساب من؟

بدا لحظة أنها ستجيبه، إلا أنها لم تلبث أن أطبقت شفتيها، وبدا التردّد على وجهها، مما جعله يقول في خفوت:

- هل أخطأت بسؤالي؟

تردّدت لحظة أخرى، ثم أجابته في همس:

- إنها مهمة لحساب الحكومة المصرية.

واعتدلت مضيفة في سرعة:

- ولايمكنني التصريح بأكثر من هذا.

تطلَّع إليها لحظة في صمت، وعيناه تنطقان بالكثير، قبل أن يقول في حزم:

- لن أرحل.
قالت في ضيق:
- (رامي).. أرجوك.
كررَّ في حزم أكثر:
- قلت لن أرحل.. سأبقى إلى جوارك، حتى تنتهي مرحلة الخطر.
هتفت في صوت خافت:
- خطأ يا (رامي).. ألم تفهم بعد ما أريد قوله؟.. إنني أعتقد اعتقادًا قويًا، أن تعرضك للقتل يعود إلى ظهورنا معًا، أمام أولئك الذين أتيت للعمل ضدهم.
قال في إصرار:
- هذا يزيد من ضرورة بقائي إلى جوارك.
خفق قلبها في قوة مع كلماته، وشعرت بعاطفة تتسلل إلى قلبها تجاهه..
كم هو رائع..
إنها تميل إليه حقًا..
تميل إليه كثيرًا..
بل إنها تتمنى حقًا بقاءه إلى جوارها، في هذه الظروف العصبية..
وبكل العاطفة في أعماقها، قالت:
- (رامي).. إنني..
قاطعها في حسم:
- لا تقولي شيئًا.. إنني سأبقى.
لم تقل شيئًا بالفعل، ولكن قلبها ابتسم في سعادة..
إنها، وعلى الرغم من كل ما يحدث، تتمنى أن يبقى (رامي) إلى جوارها..
وليحدث ما يحدث..

✿✿✿

وقف مفتش البوليس الفرنسي (فرانك)، يتطلع إلى ذلك الدمار، الذي أصاب شقة (رشاد)، وانقلبت شفتاه في امتعاض، وهو يقول:
- يا للهول!.. إننا لم نشاهد هذا الأسلوب، منذ زمن عصابات (مارسيليا).
والتفت إلى شاب فرنسي، انهمك في فحص بقايا الهاتف، وسأله:
- إنه هاتف ملغوم.. أليس كذلك؟
أومأ الشاب برأسه إيجابًا، واستخدم يديه لتوضيح الموقف، وهو يقول:
- نفس الأسلوب القديم.. قنبلة متصلة بمعدِّ الحرارة، بحيث تتفجر فور رفع سمَّاعة الهاتف.
هزَّ (فرانك) رأسه متفهمًا، وأدار رأسه إلى الناحية الأخرى، يسأل:

- كان المفروض أن يقتلك هذا، أليس كذلك؟
أجابه (رشاد) في ضيق، وهو مستسلم لرجل الإسعاف، الذي يضمد جرح جبهته وكفه:
- بلى.. كان يمكن أن تقتلني القنبلة، ولكنني أخبرتك أنني تعثرت في طرف سجادة الحجرة، وسقطت مرتطمًا بالمائدة، قبل أن أرفع سمَّاعة الهاتف، فسقطت المائدة مع الهاتف، الذي سقطت عنه سمَّاعته، فحدث الانفجار، ولولا أن سطح المائدة كان بيني وبين الهاتف، لقتلني ذلك الانفجار حتمًا.
مطَّ (فرانك) شفتيه، وقال:
- لقد نجوت بمعجزة إذن.
غمغم (رشاد):
- يمكنك أن تقول هذا.
ضم (فرانك) شفتيه في قوة، وهو يعيد التطلع إلى الشقة، ثم التفت إلى (رشاد) بحركة حادة، وسأله:
- ولكن لماذا يحاول أحدهم قتلك؟
هزَّ (رشاد) كتفيه، وقال:
- وكيف لي أن أعرف؟
عقد (فرانك) حاجبيه في غضب، وقال:
- اسمع أيها المصري.. صحيح أنني هادئ الطباع، ولكنني أكره من يحاولون خداعي، وخاصة لو أنهم ليسوا من الفرنسيين.. إنك تتحدَّث الفرنسية في طلاقة، وتستأجر شقة على نحو دائم في (باريس)، وهذا يحتاج إلى الكثير من المال، ثم يأتي أحدهم ويحاول قتلك، فكيف تفسر كل هذا؟
مط (رشاد) شفتيه، وهزَّ كتفيه مرة أخرى، وهو يقول:
- ربما كان الجواب الوحيد هو أنني ثري.
سأله (فرانك) في عدوانية:
- ماذا تعني؟
أجابه في هدوء:
- إنني أحب عاصمتكم (باريس)، ولدي من المال ما يكفي لاستئجار شقة فيها، وزيارتها مرة أو مرتين في العام، وربَّما حاول أحدهم التخلص مني، ليرث ثروتي في (القاهرة).
لم يرق هذا التفسير لـ (فرانك)، الذي عقد حاجبيه، وهو يتطلَّع إلى (رشاد) في صمت وصرامة، قبل أن يقول:

- فليكن يا مسيو (رشاد).. سأتقبل تفسيرك هذا؛ لأنه ليس لدي تفسير آخر، ولكنني أريد منك أن تعلم، أن الفرنسيين ليسوا بالغباء الذي تتصوره، وأنني سأفرض عليك رقابة شديدة، طوال اليوم تقريبًا، حتى تنتهي إقامتك لدينا هذه المرة.. هل تفهمني؟

أجابه (رشاد) في برود:

- نعم، وإن كنت أرفض هذا الأسلوب.

قال (فرانك) في صرامة:

- افعل ما يحلو لك، ولكن..

قبل أن يتم عبارته، قاطعه أحد رجاله، قائلًا:

- رسالة عاجلة من الإدارة يا سيدي.

قالها، وهو يمد يده إليه بجهاز اللاسلكي، فالتقطه منه (فرانك) في ضيق، وقال:

- هنا المفتش (فرانك).

وضع الجهاز على أذنه، ليستمع إلى محدثه وحده، وانعقد حاجباه في شدة، وهو يستمع إليه، ثم لم يلبث أن قال في حزم:

- حسنًا.. سأصل على الفور.

وأنهى الاتصال، وقال لـ(رشاد) في صرامة، وهو يعيد جهاز اللاسلكي إلى الرجل:

- يبدو أنها ليلة المصريين.

لم يسأله (رشاد) عما يعنيه، وإنما تركته ينصرف مع رجاله، بعد أن استكملوا تحقيقهم معه، ورفعوا ما شاء لهم من بصمات وأدله، ثم اتجه إلى حجرة نومه، والتقط سمَّاعة الهاتف الصغير المجاور للفراش، والذي أزال منه الخبراء قنبلة أخرى، وضغط أزراره في سرعة، وانتظر حتى سمع صوت محدثه، فقال:

إنه أنا.. (رشاد).. استمع إلي دون مقاطعة، فمن المحتمل أن يكون هاتفي مراقبًا.. لقد تعرضت لمحاولة قتل، وهذا يعني أن الصراع قد اتخذ خطًا جديدًا، وأنه من الضروري أن تنتهي العملية بأقصى سرعة.. وداعًا.

أنهى الاتصال، دون أن ينتظر جوابًا من الطرف الآخر، وارتسمت على وجهه صرامة مخيفة، وهو يقول لنفسه في حزم:

- نعم.. من الضروري أن تنتهي العملية بأقصى سرعة.

وصمت لحظة، قبل أن يستطرد:

وأقصى قوة..

✿✿✿

اتسعت عينا (كوفي) في ذهول، وهو يتلقى تقريرًا هاتفيًا من رجاله، بما حدث عبر هذه الليلة، وترك سمَّاعة الهاتف تسقط من يده، وهو يردِّد:

- فشلوا.. الجميع فشلوا في مهماتهم.

مطَّ (إيتان) شفتيه في ازدراء، وارتشف رشفة من كأسه، قبل أن يقول في لهجة توحي بالاحتقار:

- كنت أتوقع هذا.

التفت إليه (كوفي) في حدة، وانعقد حاجباه في غضب شديد، وهو يقول:

- ما الذي تعنيه بأنك كنت تتوقع هذا؟.. لقد استخدمنا أفضل رجالنا في هذه العملية، وخططنا كل شيء، كما يحدث في كل مرة، و..

قاطعه (إيتان):

- هذا بالضبط ما أعنيه.. أن كل شيء يحدث كما في كل مرة.. هذا هو سبب فشلك يا (كوفي).

قال (كوفي) في حدة:

- إنني لم أفشل من قبل.

ابتسم (إيتان) في سخرية، وهو يقول:

- لكل شيء بداية يا عزيزي (كوفي)، كما أنك قد أصبحت عتيق الطراز، وترفض الاعتراف بأن كل شيء يتطوَّر ويتحسّن، حتى أعمال المخابرات.

تضاعف غضب (كوفي)، وهو يقول في عصبية:

- ماذا تقترح إذن أيها الذكي؟

ارتشف (إيتان) رشفة أخرى من كأسه، وقال:

- أقترح أولًا أن تترك لي قيادة هذه العملية.

اتسعت عينا (كوفي)، وخيل لـ (لافي) أنه سينفجر في وجه (إيتان)، أو يطلق عليه النار، ولكنه فوجئ به يقول في حدة:

- فليكن يا (إيتان).. إنني أترك لك قيادة العملية كلها.. أرنا ما ستفعله.

ابتسم (إيتان)، وقال:

- سأفعل الكثير.

قال (كوفي) في سخرية غاضبة:

- بالوسائل الحديثة.

لوَّح (إيتان) بأصابعه، وهو يقول:

- مزيج من القديم والحديث.

ثم التفت إلى (لافي)، وقال في حزم:

- أبرق إلى رجالنا في (القاهرة)، واطلب منهم جمع أكبر قدر من التحريات، عن الرجال الثلاثة، واطلب منهم إرسال ما يحصلون عليه بأقصى سرعة.
تطلَّع (لافي) في قلق إلى (كوفي)، الذي هتف به في عصبية:
- نفذ ما آمرك به.. هيا.
أسرع (لافي) يغادر الحجرة؛ لتنفيذ أمر (إيتان)، الذي برقت عيناه في ظفر، وهو يجرع ما تبقى من كأسه دفعة واحدة، و(كوفي) يقول في حدة:
- فلنر ما ستفعله أيها العبقري.
ابتسم (إيتان) في زهو وغرور، وهو يقول:
- سترى يا عزيزي (كوفي).. سترى كيف يلعب (إيتان) لعبة الاغتيالات هذه باحتراف..
وبرقت عيناه في شدة، وهو يضيف:
- وكيف ينتصر؟
وعربدت ضحكة شيطانية في عينيه..
ضحكة مخيفة.

✿✿✿

التحريات..

دسّ المفتش (فرانك) كفيه في جيبي سرواله الواسع، ومطّ شفتيه كالمعتاد، وهو يتطلّع إلى (رياض عزيز)، قائلًا في لهجة تبدو هادئة، ولكنها تخفي خلفها ثورة داخلية عارمة:

- إذن فقد فوجئت بلص في جناحك، فتشاجرت معه، وحاول قتلك، ودافعت عن نفسك، ودفعته، فسقط من الطابق السادس.. أليس هذا ما قلته بالضبط؟

أجابه (رياض) في هدوء مثير:

- بالضبط أيها المفتش.. إنها حالة دفاع عن النفس.

ردَّد (فرانك) في غضب:

- نعم.. دفاع عن النفس.

ثم استطرد في حدة:

- كم مرة سمعت عن رجل دافع عن نفسه، بإلقاء من يهدده من الطابق السادس؟

أجابه (رياض) في برود:

- اذكر لي اسم المراجع المطلوبة، وسأخبرك بالجواب صباح الغد.

رمقه (فرانك) بنظرة غاضبة صارمة، ثم قال:

- هل تعلم من أين أتيت يا مسيو (رياض)؟.. لقد قضيت ليلة مرهقة، بأكثر مما تتصوَّر.. ليلة حدثت فيها ثلاث محاولات لقتل ثلاثة من المصريين، الأول يدعى (رشاد)، والثاني (رامي)، وأنت الثالث يا مسيو (رياض).

عقد (رياض) حاجبيه في شدة، عندما سمع اسمي (رشاد) و(رامي)، في حين مال (فرانك) نحوه، وسأله في دهاء:

- هل تعرف الإثنين الآخرين يا مسيو (رياض)؟

أجابه (رياض) في برود:

- ربما.

اعتدل (فرانك)، وظهر الغضب على وجهه، وهو يقول:

- دعني أنا أمنحك الجواب يا مسيو (رياض).. نعم.. إنك تعرفهما، فقد تحريت أمركم، مع وقوع الحوادث الثلاثة في ليلة واحدة، فأنا من طراز عتيق يا مسيو (رياض)، لا يؤمن بالمصادفات، أو يقتنع بوجودها، وهذا ما دفعني لمراجعة أوراق ثلاثتكم.. وقد جاءت النتيجة طريفة للغاية.. لقد وصلتم جميعًا على متن نفس الطائرة.

قال (رياض) ببروده المثير:

- حقًا.

أجابه (فرانك) في حدة:

- نعم يا مسيو (رياض).. هذا ما أسفرت عنه تحرياتي الأولية، ومن المؤكد أن التحريات التالية ستحمل أكثر وأكثر..

قال (رياض)، في لهجة تحمل الكثير من الضجر:

- فليكن.

كان هذا الأسلوب الاستفزازي يزيد من غضب (فرانك)، وثورته، ولكنه بذل أقصى جهده؛ للسيطرة على أعصابه، وهو يميل نحو (رياض)، قائلًا:

- اسمع يا مسيو (رياض).. كلانا يعلم أن موقفك سليم قانونيًا، وكلانا يعلم أيضًا أنه هناك ما تخفيه، حتى يظل كذلك، ولكنني لست مبتدئًا في عملي، فما يحدث الليلة ليس طبيعيًا، ولو ربطناه بقدوم ثلاثتكم، في طائرة واحدة، فسيعني هذا أنها لعبة.

ومال أكثر، وهو يتفرَّس في ملامح (رياض)، مستطردًا:

- لعبة مخابراتية.

ابتسم (رياض) في سخرية، وقال:

- يا للذكاء!

تراجع (فرانك) في حدة، لرد الفعل الذي لم يكن يتوقعه، وقال:

- هكذا!.. فليكن إذن يا مسيو (رياض).. لقد أقسمت أن أفهم كل ما يحدث، وأن أكشف القناع عما تفعلونه هنا، ولن يهدأ لي بال، حتى أضعكم جميعًا خلف القضبان.. هل تفهم؟

ظل (رياض) محتفظًا بابتسامته الساخرة، وهو يقول:

- أفهم.

هتف (فرانك):

- هيا بنا يا رجال.

واندفع يغادر الحجرة في عصبية، وتبعه رجاله في سرعة، تاركين (رياض) وحده، ولم يكد هو يجد نفسه كذلك، حتى تلاشت ابتسامته الساخرة، وانعقد حاجباه في توتر، وهو يقول في نفسه:

- من الواضح أن الأمور قد تعقدت كثيرًا.

وشرد ببصره، مستطردًا:

- وأنه من الضروري أن تنتهي العملية.. وبسرعة..

❀❀❀

أشرقت الشمس في الصباح التالي، وعبر ضوءها تلك النافذة الشرقية، في فيلا (كوفي)، ليسقط على وجه (إيتان)، الذي تطلَّع إلى الشمس في تراخ، ثم مد يده يدعك جفنيه في إرهاق، وعاد يلتقط بهما قلمًا أنيقًا، ويواصل وضع بعض الخطوط، فوق ورقة كبيرة، ازدحمت بالأسماء والأرقام والخطوط..

وارتفعت دقات هادئة على باب الحجرة، فوضع (إيتان) قلمه، وعاد يدعك جفنيه، قائلًا:

- ادخل.

دلف (لافي) إلى الحجرة، وهو يحمل قدح القهوة، وضعه أمام (إيتان)، وهو يقول في صوت خافت، وكأنه يخشى تحطيم السكون المخيم على الحجرة:

- القهوة التي طلبتها يا سيِّدي.

التقط (إيتان) قدح القهوة، وارتشف منه رشفة سريعة، ثم أعاده إلى موضعه، وهو يسأل (لافي):

- هل أوى (كوفي) إلى فراشة؟

أجابه (لافي):

- إنه يغط في نوم عميق.

رفع (إيتان) حاجبيه في دهشة، وهو يقول:

- عجبًا!!.. لم أتصور أبدًا أنه سيستطيع النوم.

قال (لافي):

- لقد قضى ليلة مرهقة.

وصمت لحظة، ثم أضاف:

- ثم إنه يتعاطى أقراصًا منومة.

ابتسم (إيتان) قائلًا:

- هكذا!

ثم أشار إلى (لافي)، مستطردًا:

- اجلس يا (لافي).. أريد التحدّث إليك.

أطاعه (لافي)، وهو يغمغم:

- لقد أرسلت إلى رجالنا في (القاهرة)، أطلب منهم تحري أمر الرجال الثلاثة، ولكنهم لم يرسلوا ردودهم بعد.

قال (إيتان):

- دعك من هذا.. إنني أريد رأيك.

هتف (لافي) في دهشة:

- رأيي أنا؟!

أومأ (إيتان) برأسه إيجابًا، وقال:
- نعم يا (لافي).. إننا سنلعب معًا لعبة شهيرة، تحمل اسم: ماذا تفعل، لو كنت مكاني.
بدت الحيرة على وجه (لافي)، فتابع (إيتان):
- سنفترض أننا نحن رجال المخابرات المصرية، ونريد أن ترسل أحد رجالنا، لتصفية مكتب (الموساد) في (باريس)، فكيف نختار هذا الرجل، وبأية هيئة نرسلة؟
ظلت الحيرة تكسو وجه (لافي)، فاعتدل (إيتان)، وأخذ يشرح فكرته، قائلًا:
- إننا نعلم أن أحد الرجال الثلاثة رجل مخابرات بالغ الخطورة، ولقد اختبرنا أسلوب الثلاثة، أو على الأقل ما يحاولون إظهاره، وبقى أن نسأل أنفسنا، من منهم يمكن أن يكون رجل المخابرات المنشود؟
قال (لافي) في حماس:
- كلهم.
ابتسم (إيتان)، وقال:
- هذا مستحيل كما تعلم.. إنه أحدهم فحسب، ولكن دعنا نضع قواعد التخفي، التي ينبغي أن يتبعها عميل سري كهذا.. المفروض أن يخفي شخصيته الحقيقية بالطبع، وأن يحيط نفسه بالتغطية المناسبة، بحيث لا يلفت انتباهنا، و..
بتر عبارته بغتة، واتسعت عيناه، وهو يهتف:
- يا للشيطان!.. إنه هو بالطبع.
واجتاح الانفعال صوته وجسده، وهو يستطرد:
- لقد عرفته.. عرفت رجل المخابرات المطلوب يا (لافي).
انتقلت عدوى الانفعال إلى (لافي)، الذي هب من مقعده، هاتفًا:
- من هو يا سيِّدي.. اخبرني، وسيلقى مصرعه بعد ساعة واحدة.
برقت عينا (إيتان)، وهو يقول:
- لا يا (إيتان).. لن نقتله.. أريد أن ألقن (كوفي) العتيق هذا درسًا، في كيفية أداء اللعبة.. إننا سنلقي القبض على رجل المخابرات المصري يا (لافي).. وسنحضره إلى هنا.. على قيد الحياة.
وانطلقت من حلقه ضحكة ظافرة..

✿✿✿

على الرغم من دقة موقفها، وصعوبة مهمتها، كانت (رانيا) تشعر بارتياح بالغ، عندما استيقظت هذا الصباح، حتى أن ابتسامتها تألقت على وجهها، وهي تغادر فراشها، وتغتسل، تبدأ في ارتداء ثيابها..

وفي هذه المرة راحت تنتقي ثوبها في عناية..

وبعد نصف ساعة من التردّد، اختارت ثوبًا أزرق، له حزام أبيض كبير، بدا رائعًا على جسدها الجميل، وتصفيفة شعرها الأنيقة، وابتسمت في سعادة، وهي تتطلّع إلى نفسها في المرآة، ثم اتجهت إلى الهاتف المجاور لفراشها في مرح، وطلبت رقمًا قصيرًا، لحجرة أخرى في نفس الفندق، ولم يكد الرنين يبدأ، حتى التقط صاحب الحجرة الآخرى سمّاعة هاتفة، وقال في لهفة:

- صباح الخير، أنا (رامي).

تضرج وجهها بحمرة الخجل، وكأنها تقف أمامه مباشرة، وقالت:

- هل استيقظت؟

أجابها في لهفة:

- إنني أنتظر استيقاظك أنت بفارع الصبر.

أسعدتها عبارته، وسألته في حياء:

- ما رأيك في هذا الفندق؟.. أهو أفضل من فندقك السابق؟

أجابها في هيام:

- إنه أعظم فندق في العالم كله، مادمت تقيمين فيه.

عاد وجهها يتضرَّج بحمر الخجل، وهي تقول:

- هذا يسعدني.

أدهشها أنها تتعامل معه بهذا الأسلوب، وكأنها مراهقة صغيرة، ينبض قلبها، بالحبّ لأول مرة، وهي التي اعتادت مواجهة المخاطر والصعاب، و..

وانتزعت نفسها من هذا الاستنكار الداخلي، لتضيف:

- هل ستهبط لتناول طعام الإفطار؟

أجابها في لهفة:

- نعم.. سنلتقي في قاعة الطعام بعد خمس دقائق.. أتوافقين؟

قالت في خفوت:

- بالطبع.

نطقتها وقلبها ينبض في قوة، ثم أسرعت تلقى نظرة أخرى على ثوبها في المرآة، وغادرت حجرتها في لهفة حقيقية للقاء (رامي)..

إنها تحبه ولاشك..

تحب طيبته وبساطته وحنانه..

تحب فيه كل ما تمنته في فارس أحلامها، منذ كانت صبية صغيرة.. وعندما استقلت المصعد، كانت تشعر أنها قد رجعت بالفعل مجرَّد صبية صغيرة..

ولم يكد المصعد يصل إلى الطابق الأرضي، حتى غادرته في لهفة، وأدارت عينيها في المكان، بحثًا عن (رامي)..

ورأته..

رأته يبتسم في سعادة، ويتجه إليها في لهفة..

وفجأة اعترض طريقه رجل ضخم..

ولم تخطئ عيناها المشهد...

لقد رأت ذلك المسدس، الذي دسّه الضخم في معدة (رامي)، وهو يقول شيئًا ما، جعل وجه (رامي) يحتقن في شدة، وهو يتطلَّع إليها في قلق:

- وتحرَّكت (رانيا) في سرعة نحو (رامي) والرجل الضخم، وانعقد حاجباها في غضب صارم، ولكن (رامي) هتف بها في توتر:

- لا يا (رانيا).

والتفت إليها الضخم في عدوانية وشراسة، فأضاف (رامي):

- لا تقتربي يا (رانيا).. إنه يطلب مني الانصراف معه فحسب.

قالت (رانيا) في صرامة:

- لن يمكنه أن يؤذيك هنا يا (رامي).

دفع الضخم فوهة مسدسه في معدة (رامي)، وهو يقول في وحشية:

- هل تراهنين؟

هتفت:

- إذن فأنت تتحدَّث العربية.

تمتم (رامي) في توتر:

- كيف تتصوَّرين أنني فهمت عبارته إذن؟

قالت في حدة:

- على أي الأحوال، لن أسمح له باختطافك أمام عيني هكذا.

تلفت (رامي) حوله في قلق، ثم خفض صوته، وهو يقول:

- أرجوك يا (رانيا).. تدخلك سيؤدي إلى كارثة.. إنني أعلم ما سأفعله.. أرجوك.. إنه سيطلق النار على الأبرياء دون تردّد.. صدقيني.. أنا أعرف هذا الطراز جيدًا.

تردَّدت لحظة، وقالت في حدة:

- لا يمكنني يا (رامي).

ولكنها شعرت فجأة بإبرة محقن تغوص في ذراعها، مع صوت يقول بالفرنسية من خلفها:
- ألا يمكنكن طاعة الأوامر أبدًا أيتها النساء؟
أرادت أن تصرخ، ولكن الأرض مادت بها، وأظلمت الدنيا أمام عنينيها، وسقطت فاقدة الوعي، في الوقت الذي هتف فيه الرجل المتحدث بالفرنسية:
- أسرعوا في طلب طبيب... لقد فقدت السيِّدة وعيها.
ثم أمسك ذراع (رامي)، ودفعه أمامه، قائلًا في صرامة:
- هيا بنا.
ألقى (رامي) نظرة قلقة على (رانيا)، التي التف حولها رواد الفندق وموظفوه، يحاولون إسعافها، وسأل الرجل المتحدث بالعربية، والرجلان يدفعانه نحو سيارتهما، المتوقفة أمام الفندق:
- ماذا فعلتما بها؟
أجابه الرجل في صرامة:
- اطمئن.. إنه مخدر قوي فحسب.
تنهد في ارتياح، وتركهما يضعانه داخل السيارة، ثم ينتقل الفرنسي لقيادتها، في حين جلس الناطق بالعربية إلى جواره، وألصق فوهة مسدسه بجانبه، قائلًا:
- لم أكن أتوقَّع استسلامك بهذه البساطة.
سأله (رامي) في قلق واضح:
- ماذا كنت تتوقع؟
أجابه الرجل بالفرنسية، فهزَّ (رامي) رأسه، وقال:
- معذرة.. لست أفهم الفرنسية.
ابتسم الرجل في سخرية، وقال بالعربية:
- لا داعي للتظاهر بهذا يا رجل.. لقد كشفنا أمرك.. كشفناه يا رجل المخابرات المصرية.
ولم يعترض (رامي)..
لم يعترض أبدًا.

✿✿✿

الدليل..

انطلق (رياض) بالسيارة الأنيقة، التي استأجرها، فور وصوله إلى (باريس)، وتطلّع في اهتمام إلى مرآة السيارة، وهو يغمغم لنفسه:

- من الواضح أنني مراقب، فتلك السيارة لم تتوقّف عن مطاردتي، منذ غادرت فندقي.

واصل سيره عبر الطريق الرئيسي في هدوء، حتى اقترب من تقاطع طرق كبير، فانحرف بالسيارة يسارًا، وهو يقول:

- حسنًا.. فلنثبت لهؤلاء الأوغاد أننا أكثر مهارة منهم.

وفجأة انحرف يمينًا، وتجاوز الطريق في سرعة، وسمع أكثر من نفير احتجاج ينطلق خلفه، ولكنه تجاهل كل هذا، ودلف إلى طريق جانبي ضيق، ومرق عبره في سرعة، ثم انحرف يسارًا مرة أخرى، وعاد إلى طريق رئيسي آخر، فابتسم في ثقة وسخرية، وهو يتطلع إلى مرآة السيارة، قائلًا:

- هكذا أفلتنا من المطاردة.

وأوقف سيارته على جانب الطريق، وغادرها في سرعة، وأسرع نحو طريق جانبي آخر، وعبره في خطوات أقرب إلى العدو، قبل أن يتجاوزه إلى طريق آخر، رفع يده يستوقف فيه واحدة من سيارات الأجرة، وقفز داخلها، وهو يلقى العنوان المنشود لسائقها بالفرنسية، واسترخى داخلها، وهو يبتسم ساخرًا، متمتمًا:

- أراهن أنني أفلت من المراقبة تمامًا.

بدا هادئًا واثقًا، وهو يسترخى في الأريكة الخلفية للسيارة في صمت وسكون، حتى بلغت سيارة الأجرة العنوان المطلوب، فغادرها (رياض)، ودخل بناية ضخمة، حمله مصعدها إلى الطابق العاشر، حيث استقبله في أحد شققه رجل متين البنيان، أكرت الشعر، ابتسم وهو يصافحه في حرارة، قائلًا:

- مرحبًا يا (رياض).. لم أتوقع وصولك في الموعد المحدود.

صافحه (رياض)، وابتسم بدوره، وهو يقول:

- لم يكن ذلك سهلًا يا (عوني).

خلع معطفه، وألقاه على أوّل مقعد صادفه، ثم اتجه في خطوات سريعة إلى النافذة، وتوارى خلف ستارتها، وهو يزيحها جانبًا في حرص، ويلقي نظرة على الطريق، فسأله (عوني) في قلق:

- هل طاردك أحدهم؟

أجابه (رياض):
- اطمئن.. لقد أفلت منهم.
سأله (عوني):
- وهل أنت واثق من أنهم لم يتبعوك إلى هنا؟
أجابه في حزم، وهو يعيد الستارة إلى موضعها:
- تمام الثقة.
تنهَّد (عوني) في ارتياح، وأشار إليه الجلوس، قائلًا:
- في (القاهرة) يشعرون بالقلق، بسبب محاولة القتل هذه.
هزّ (رياض) كتفيه في لامبالاة، وقال:
- دعك من هذا، وأخبرني.. هل يمكن إنهاء العملية الليلة؟
عقد (عوني) حاجبيه، وقال:
- لماذا؟.. أبسبب محاولة القتل؟
أومأ (رياض) برأسه إيجابًا، وقال:
- محاولة القتل في حد ذاتها، تعني أن بعضهم كشف أمرنا، ويرغب في إزاحتنا عن الطريق، ولكن هذا لا يقلقنني، فهو أحد صور التنافس في عالمنا، ولكن أحد مفتشي الشرطة هنا يحاول البحث عن دليل، يؤكد تورطي في عمل غير مشروع، وأظن السيارة التي طاردتني كانت تتبع له، وهذا يعرض عمليتنا لمخاطر لا داعي لوجودها، وأفضل وسيلة لتفادي هذه المخاطر، هي أن ننهي العملية بأسرع ما يمكن.
احتفظ (عوني) بحاجبيه المعقودين، وهو يفكر في عمق، ثم لم يلبث أن هز رأسه، وقال في حسم:
- لا يمكنني إجابة هذا السؤال، قبل استشارة (القاهرة).
أشار (رياض) إلى الهاتف، قائلًا:
- استشرهم إذن.
تطلع إليه (عوني) لحظة في تردّد، ثم قال:
- ولم لا؟
واتجه إلى الهاتف، والتقط سمّاعته، وقال وهو يضغط أزراره:
- هذا سيدهش الآخرين، وسيثير ارتباكهم.
ابتسم (رياض)، وقال:
- لن يدهشني هذا.
مطَّ (عوني) شفتيه، وارتسمت على وجهه علامات القلق، ولكنه لم يلبث أن اعتدل، وقال في احترام:

- صباح الخير يا سيِّدي.. أنا (عوني).
استمع إلى محدِّثه في اهتمام، قبل أن يقول:
- لا.. لم يحدث أي أمر آخر.. (رياض) بخير، وهو يجلس هنا أمامي.
ومال إلى الأمام، وخفض صوته، وهو يستطرد:
- إنه يطلب إتمام العملية الليلة.. نعم.. لديه مبرراته بالطبع.
نقل إلى محدِّثه كل المبررات، التي ساقها إليه (رياض)، وأضاف إليها رأيه الشخصي، ثم استمع إلى محدِّثه في اهتمام بالغ، وأخيرًا ابتسم، قائلًا:
- شكرًا يا سيِّدي.. هذا قرار حكيم بالتأكيد.
وأنهى الاتصال، ثم التفت إلى (رياض)، وضم قبضته، ورفع إبهامه، وهو يبستم قائلًا:
- ابتهج يا رجل.. لقد وافقت (القاهرة)، على إتمام العملية الليلة.
ابتسم (رياض) ابتسامة واثقة، وهو يقول:
- كنت أعلم أنهم سيوافقون.
ونهض من مقعده في حماس، فسأله (عوني):
- إلى أين؟
أجابه في ثقة هادئة:
- إلى العمل يا رجل.. إلى اللقاء.
وغادر المكان في سرعة، جعلت (عوني) يبتسم ويغمغم:
- يا له من رجل!
ثم عاد إلى عمله، وهو يعلم أن (رياض) سيواجه الليلة مخاطر عظيمة.. وضخمة..

✿✿✿

التقط (رشاد) صورة واضحة، لذلك الشخص، الذي يراقبه منذ الصباح، وابتسم لنفسه قائلًا:
- عظيم.. كل شيء يسير على ما يرام.
ثم أطلق من بين شفتيه صفيرًا منغومًا كالمعتاد، وهو يستقل سيارته، عائدًا إلى شقته، ولم يكد يبلغها حتى لمح (فرانك) أمام البناية، يستند إلى سيارته، والغضب يملأ ملامحه في وضوح، فلم يكن من (رشاد) إلا أن أوقف سيارته إلى جواره، وقال في هدوء:
- صباح الخير أيها المفتش.
لم يجب (فرانك) التحية على الفور، وإنما تطلَّع إلى (رشاد) في غضب، قبل أن يقول في عصبية واضحة:

- أهنئك يا مسيو (رشاد).
غادر (رشاد) سيارته، وهو يقول مبتسمًا:
- على ماذا؟
أجابه في حدة:
- على نجاحك في الإفلات من المراقبة.
رفع (رشاد) حاجبيه، في دهشة مصطنعة، وهو يقول:
- مراقبة؟!.. أكانت هناك مراقبة حقًّا؟
تجاهل (فرانك) تلك النبرة الساخرة، في وصوت (رشاد)، وسأله:
- أين تعلمت الإفلات من المطاردات يا مسيو (رشاد)؟
أجابه (رشاد) في رصانة ساخرة:
- الأمر يعود إلى كثرة الديون، و..
قاطعه (فرانك) في حدة:
- فليكن.
ابتسم (رشاد)، وهو يقول:
- أنت الذي يسأل.
قال (فرانك) في حدة:
- لقد سئمت أسلوبكم هذا، الذي يؤكد ظنوني بشأن وجود أمر مريب، وأؤكد لك أنني سألقى القبض عليكم جميعًا، عندما أضع يدي على الدليل، و..
قاطعه (رشاد):
- معذرة أيها المفتش، هل سنمضي اليوم كله في الاستماع لنصائحك ومحاضراتك.. أعني أن لدي الكثير من الأعمال، و..
هتف (فرانك) بكلمته التقليدية:
- فليكن.
ثم اندفع نحو سيارته، مستطردًا:
- من يضحك أخيرًا يضحك كثيرًا.
وأدار محرِّك سيارته، لينطلق بها في عصبية واضحة، مما جعل (رشاد) يعقد حاجبيه، مرددًا في توتر:
- هذا لو كان هناك ما يدعو إلى الضحك أيها المفتش.
وصعد إلى شقته، وهو يشعر أن الليلة ستحمل الكثير من القلق.. ومن الخطر..

✿✿✿

فتحت (رانيا) عينيها في صعوبة، وتطلَّعت لحظات إلى تلك الوجوه المحيطة بها، قبل أن يستعيد ذهنها تفاصيل المواقف كلها، فاتسعت عيناها في ذعر، وهتفت:

- (رامي).. أين (رامي)؟

امتدت يد طبيب تربَّت على كتفها، وصاحبها يقول بالفرنسية:

- اهدئي يابنيتي.. اهدئي.. كل شيء على ما يرام.

صاحت به بفرنسية مماثلة:

- أين (رامي)؟

سألها في حيرة:

- من (رامي) هذا؟

هتفت:

- الشاب الذي كان بصحبتي.. عندما..

لم تجد ماتتم بها عبارتها، فلم يكن ذلك الجزء من ذاكرتها، الخاص بفقدانها الوعي، قد استيقظ تمامًا بعد، مما جعلها تكرر في مرارة:

- أين هو؟

- ربَّت الطبيب على كتفها مرة أخرى، وقال:

- لم يكن هناك أحد بصحبتك يا بنيتي، عندما سقطت.

قالت في حدة:

- ولكنني واثقة.

أومأ برأسه متفهمًا، وقال:

- هذا من تأثير العقار.

سألته في دهشة:

- أي عقار؟

أجابها في وضوح، وهو يتطلَّع إليها بنظرة عتاب:

- العقار المخدر، الذي أدى إلى فقدانك الوعي.. إنه عقار قوي، يسبب لمتعاطيه فقدان الشعور بالزمان والمكان، ويفسد ذاكرته ومشاعره، و..

مطَّ شفتيه، وهو يرمقها بنظرة خاصة، مستطردًا:

- وفي النهاية يدمر متعاطيه تمامًا.

حدَّقت في وجهه لحظات في دهشة وحيرة، ثم هتفت في غضب:

- إنك تتحدث كما لو كنت مدمنة مخدرات.

أشاح بوجه عنها، وهو يقول:

- تحليل الدم أثبت وجود نسبة كبيرة من عقار مخدر قوي، وهذا لا يعني سوى..
قاطعته في توتر:
- أريد إجراء محادثة هاتفية.
ابتسم قائلًا:
- لا داعي للقلق.. إننا لم نبلغ الشرطة، ولن..
قاطعتة مرة أخرى في حدة:
- أرجوك.. أريد إجراء محادثة هاتفية.
أشار إلى الهاتف المجاور لفراشها، قائلًا:
- ومن يمنعك؟
التقطت سمَّاعة الهاتف، وضغطت أزراره في سرعة، في حين انصرف الطبيب بصحبة الممرضة، وهو يقول لهذه الأخيرة:
- ستبقى تحت المراقبة لست ساعات أخرى، وبعدها يمكنها الانصراف.. بعد سداد رسوم المستشفى بالطبع.
لم تسمع (رانيا) هذا، ولم تنتبه إليه، وهي تتحدَّث عبر الهاتف، قائلة:
- أنا (رانيا).. لا.. لست أتحدَّث من الفندق، بل من المستشفى.. سأشرح لك كل شيء فيما بعد.. المهم.. هل تذكر ذلك الشاب، صاحب الوجه الطفولي، الذي كان يجادل شرطي المرور، في (الشانزليزيه)؟.. لقد اختطفوه.. نعم.. اختطفوه.. إنهم يتصورون أنه يعمل لحسابكم بالتأكيد.. لابد من إنقاذه.. لابد.
كان قلبها يرتجف بين ضلوعها، وهي تهتف بالعبارة، وعقلها يلقي على مشاعرها سؤالًا واحدًا لا يتغير..
أين (رامي).. الآن؟..
أين؟..

✿✿✿

تألقت عينا (إيتان) ببريق ظافر، وهو يتطلع إلى (رامي)، الذي جلس على مقعده مرتجفًا متوترًا، يدير عينيه في المكان في خوف واضح، في حين عقد (كوفي) حاجبيه، وهو يتطلَّع إلى (رامي) بدوره، قبل أن يلتفت إلى (إيتان)، قائلًا:
- إنه لا يبدو لي أبدًا كرجل مخابرات بالغ الخطورة.
نفث (إيتان) دخان سيجارته، وهو يقول:
- إنه يحسن تمثيل دوره فحسب.
ثم التفت إلى (رامي)، قائلًا:

- أليس كذلك يا رجل؟
تطلع إليه (رامي) في حيرة، وارتجفت الكلمات على شفتيه، وهو يقول:
- معذرة يا سيدي.. إنني أجهل الفرنسية.
ابتسم (إيتان) في سخرية، وقال:
- أما زلت تصرّ على التظاهر بالغباء؟
ثم أردف بالعربية:
- فليكن.. هل تفهم هذه اللعبة؟
ازدرد (رامي) لعابه في وضوح، وهو يقول:
- نعم يا سيدي.. أفهمها.
التقط (إيتان) نفسًا عميقًا من سيجارته، ونفثه في عمق، قبل أن يلتفت إلى (رامي)، قائلًا في ثقة:
- اسمح لي أولًا بتهنئتك يا رجل، فلقد نجحت في خداعنا طويلًا، حتى تصوَّرنا أنك بالفعل مجرَّد تاجر خردوات بسيط، يسعى لعقد صفقة مربحة في (باريس).
غمغم (رامي) مرتبكًا:
- ولكنني كذلك بالفعل يا سيِّدي.
لوح (إيتان) بيده، وقال:
- قلت لك لا داعي لمواصلة الخداع.. لقد كشفت أمرك تمامًا.. إنك بالفعل شديد البراعة، ولكنك لن تخدع رجلًا مثلي.. أنا أعلم أنك رجل المخابرات المصري، وأنك تفهم اللعبة جيدًا، بدليل إنقاذك لـ (رشاد) في (الشانزليزيه).
غمغم (رامي):
- لقد تعثرت، و..
قاطعه (إيتان):
- هذا ما أردته أن يبدو للآخرين، ولكن الواقع أنك تظاهرت بهذا، لتدفعه بعيدًا عن مرمى طلقة القناص.
قال (رامي)، في لهجة أقرب إلى البكاء:
- وكيف لي أن أعلم، أن أحدهم ينوي إطلاق النار عليه؟
تجاهل (إيتان) هذا الاعتراض تمامًا، وقال:
- ثم خدعت رجلنا، الذي حاول قتلك، وجعلته يطعن صندوق الكهرباء بدلًا منك.
بدا (رامي) أقرب إلى الانهيار، وهو يقول:
- كانت مجرَّد مصادفة.

قهقه (إيتان) ضاحكًا، وهو يقول:
- حقًّا؟!
ارتفع في تلك اللحظة رنين الهاتف، فالتقط (لافي) سمَّاعته، وقال بصوته الأجش الغليظ:
- هنا المكتب الثقافي الإس....
وبتر عبارته، ليستطرد في لهفة:
- نعم يا (داوود).. إننا ننتظرك بفارغ الصبر.
والتفت إلى (إيتان)، قائلًا:
- إنهم رجالنا في (القاهرة).. لقد حصلوا على المعلومات اللازمة.
قال (إيتان) في انفعال:
- مرهم بإرسالها بـ (الفاكس) على الفور.
ثم رمق (رامي) بنظرة ساخرة، قبل أن يستطرد:
- وليبدءوا بمعلوماتهم عن (رامي كامل).
ازدرد (رامي) لعابه في وضوح مرة أخرى، وبدا شديد التوتر، وهو يتطلَّع إلى جهاز (الفاكس)، الذي ضغط (لافي) أزراره، وجلس ينتظر الجواب..
وفي بطء، خرجت ورقة كبيرة من (الفاكس)، التقطها (إيتان) في لهفة، وألقى نظرة سريعة على محتوياتها، قبل أن ينعقد حاجباه في شدة، ويختطف سمَّاعة الهاتف من يد (لافي)، قائلًا في انفعال:
- أأنت واثق من هذه المعلومات يا (داوود)؟
بدا التوتر على ملامحه أكثر، وهو يستمع إلى الجواب، مما دفع (كوفي) إلى سؤاله:
- ماذا هناك؟
أزاح (إيتان) السمَّاعة عن أذنه، وقال في انفعال واضح:
- مفاجأة.. مفاجأة مذهلة.
وكان على حق.

✿✿✿

المفاجأة..

لم يكد (رياض) يوقف سيارته أمام فندق (ريتز)، حتى ظهر أمامه المفتش (فرانك)، وهو يقول:

- مرحبًا يا مسيو (رياض).. كيف حال سيارتك الأنيقة؟

أجابه (رياض) في برود، وهو يغادر السيارة، ويسلم مفاتيحها إلى عامل الفندق:

- لم لا تطرق الأمر مباشرة أيها المفتش؟

كان (فرانك) يتوقع هذا الأسلوب الهجومي، لذا فقد احتفظ بهدوء أعصابه، وهو يقول:

- فليكن يا مسيو (رياض).. هلا أخبرتني، لماذا هربت من المراقبة هذا الصباح؟

أجابه (رياض) في لامبالاة، وهو يتجه إلى بهو الفندق:

- إنني أكره كوني مراقبًا، ثم إنك لا تملك الحق في مراقبتي، فأنا المجني عليه لا الجاني، وسأتقدَّم بشكوى إلى رؤسائك.

قال (فرانك)، وهو يتبعه إلى المصعد:

- تقدم بالشكوى التي تحلو لك يا مسيو (رياض)، فأنا أؤدي واجبي، أما كونك المجني عليه أو الجاني، فهذا ما ستثبته التحريات.

التفت إليه (رياض) بحركة حادة، وقال في صرامة:

- اسمع أيها المفتش.. إنني رجل أعمال، وأنا هنا لعقد صفقات خاصة، تتجاوز أقلها مرتبك في قرن كامل، وتتبعك الدائم لي يثير أعصابي، وقد يتسبَّب في خسارة صفقاتي، مما سيمنحني الحق في مقاضاتك.

سأله (فرانك) في اهتمام:

- وما نوع هذه الصفقات؟

تطلَّع إليه (رياض) في برود، وقال:

- مخدرات.. أيروق لك هذا الجواب؟

أجابه (فرانك) في برود مماثل؟

- كثيرًا.

ثم استدار، ولوَّح بكفه، مستطردًا:

- ولكن لا تجعل المراقبة تقلقك كثيرًا، فهي ستستمر، حتى آخر لحظة لك هنا.

ابتسم (رياض) في سخرية، وهو يقول لنفسه:

- لن يطول هذا كثيرًا.

واستقلّ المصعد في هدوء، وعقله يرتب الأمور، وبضع حساباته للضربة الكبرى، في منتصف الليل..

الضربة الأخيرة..

✿✿✿

ارتفع حاجبا ممرضة المستشفى في دهشة، وهي تحدّق في (رانيا)، التي ارتدت ثيابها، واستعدت للخروج، وهتفت بها:

- خطأ يا مدموازيل.. غير مسموح لك بالانصراف، قبل الثالثة.

أزاحتها (رانيا) عن طريقها، وهي تقول في صرامة:

- اضبطي ساعتك إذن، فلن أبقى لحظة واحدة بعد الآن.

جرت الممرضة خلفها، في ممرات المستشفى، هاتفة:

- إنك ستتسببين في إيذائي، فالطبيب لن يسمح بهذا.

لوحت (رانيا) بكفها، هاتفة:

- فليذهب إلى الجحيم.

توقفت الممرضة في يأس، وهي تهتف:

- وماذا عن رسوم المستشفى؟

ظهر شاب في نهاية الممر، يقول في هدوء:

- لقد تم سدادها، وها هو ذا الإيصال..

هتفت (رانيا)، وهي تسرع نحو الشاب:

- (علاء).. حمدًا لله أنك أتيت.. أخبرني.. هل توصلتم إلى شيء، بخصوص (رامي)؟

أجابها في هدوء، وهو يسير إلى جوارها، في خطا سريعة، إلى خارج المستشفى:

- ليس بعد، ولكنني أظنه بخير.

سألته في حدة:

- ولماذا تظن هذا؟.. أنسيت أنهم حاولوا قتله من قبل؟

مطّ شفتيه، وقال:

- لست أدرى لماذا حاولوا، ولكن الأمور ليست كما تتصورين على الأقل.

سألته في توتر:

- ماذا تعني؟

ابتسم وهو يجيب:

- أعني أن كل شيء يسير على مايرام، بالنسبة لخطتنا.

صاحت:
- على الرغم من كل هذا؟
أجابها في هدوء:
- نعم.. إنهم لم يشكوا في أمرك على الأقل، وهذا أهم ما في الأمر.
قالت في غضب:
- لم يشكوا في أمري؟!.. كيف تفسر ما حدث لـ (رامي) إذن؟
هز كتفيه، قائلًا:
- مجرد خطأ.
صاحت مستنكرة:
- خطأ؟!
أومأ برأسه إيجابًا، وقال:
- نعم.. مجرَّد خطأ.
وعلى الرغم من ثقتها به، وبكل ما ينتمي إليه، فقد شعرت مع كلماته بالقلق.. القلق الشديد..

✿✿✿

سرت انتفاضة عجيبة في جسد (كوفي)، وهو يسأل (إيتان) في قلق:
- أية مفاجأة هذه؟
أجابه (إيتان) بالفرنسية في عصبية:
- هذه الأوراق تقول.. إن ذلك الرجل تاجر خردوات في (الموسكي) بالفعل.
غمغم (كوفي)، في لهجة خلت تقريبًا من أي انفعال:
- حقًا؟!
لوَّح (إيتان) بالأوراق، وهو يهتف في عصبية:
- هناك خطأ حتمًا.. أنا واثق بأن هذا الرجل هو من نبحث عنه.
أجابه (لافي) في تردد:
- لا توجد أخطاء يا سيدي.. (داوود) شديد الدقة والحرص، في مثل هذه الأمور.
صاح (إيتان):
- لقد أوقع به المصريون إذن وهم الذين أجبروه، على إرسال مثل هذا التقرير، لتغطية رجلهم.
أجابه (كوفي):

- مستحيل، فلو أن هذا ما حدث، لأرسل (داوود) الكلمة المتفق عليها، في بداية التقرير، والتي تشير إلى ما حدث، وإلى أنه يرسل تقريره مرغمًا، أو تحت التهديد.
صاح (إيتان) في حدة:
- ربما أجبروه على عدم إرسالها.
قال (كوفي) في صرامة:
- هذا مستحيل أيضًا، فهي كلمة عادية للغاية، لا يمكن لسوانا ملاحظتها، أو فهم مغزاها.
بدا الغضب والحنق على وجه (إيتان)، والتفت في عصبية إلى (رامي)، الذي أطلت الحيرة من عينيه، وهو ينقل بصره بين وجوه الجميع في قلق، فهتف به (إيتان) بالفرنسية:
- لقد نجح رفاقك في تغطيتك.. أليس كذلك؟
ارتجفت الكلمات مرة أخرى، على شفتي (رامي)، وهو يقول:
- أرجوك يا سيِّدي.. لست أفهم حرفًا واحدًا من حديثك.. أقسم لك.
قال (كوفي) في صرامة:
- أرأيت في حياتك رجل مخابرات مصري، يرتجف رعبًا على هذا النحو؟ هيا يا (إيتان).. اعترف بخطئك.
صاح (إيتان):
- مستحيل!
ثم عاد يلوِّح بالأوراق، هاتفًا:
- هذا التقرير يؤكد أن (رامي كامل) تاجر خردوات بسيط، بحي (الموسكي)، ولكن من يؤكد أن الجالس أمامنا هو نفسه (رامي كامل)؟
أجابه (لافي):
- هذا يا سيِّدي.
التفت إليه (كوفي) و(إيتان)، فاستطرد، وهو يلتقط ورقة أخرى من جهاز (الفاكس):
- هذه الصورة وصلت عبر (الفاكس)، وأنتما تناقشان أمر هذا الرجل.
ورفع أمامهما الورقة، التي تحمل صورة واضحة لـ (رامي كامل)، الذي يجلس أمامهما.
وامتقع وجه (إيتان)، وهو يتطلَّع إلى الصورة، في حين ابتسم (كوفي) في شماتة، وهو يقول:
- لم يعد هناك شك.. إنها صورته.

بقى (إيتان) صامتًا ممتقعًا لحظات، ثم اندفع نحو الهاتف، واختطف سمَّاعته من (لافي)، وهو يقول:

- اسمعني يا (داوود).. هل تأكدت من هذه المعلومات؟.. هل تحدثت مع التجار الآخرين في (الموسكي)؟.. هل..؟

بتر عبارته، وهو يستمع إلى (داوود) في انتباه كامل، قبل أن يعيد السمَّاعة إلى (لافي) في حدة، قائلًا:

- لا بأس.. اطلب منه إرسال باقي التقارير.

ثم التفت إلى (كوفي)، مستطردًا في توتر:

- الجميع يعرفونه في (الموسكي)، فهو ابن تاجر أدوات تجميل، توفى منذ عام واحد، وهو وريثه الوحيد، ولقد تسلم المتجر، ويحاول إدارته على نحو جيد، منذ وفاة والده.

حاول (كوفي) عبثًا إخفاء ابتسامته الشامتة، وهو يقول:

- لا بأس.. إنه مجرد خطأ.

رمقه (إيتان) بنظرة غاضبة محنقة، وهو يقول:

- كنت أتصوَّر المصريين أكثر ذكاء.

أجابه (كوفي):

- إنهم كذلك حتمًا، مادمنا لم نتوصل بعد إلى عميلهم.

أطفأ (إيتان) سيجارته في عصبية، وهو يقول:

- سنتوصل إليه حتمًا.

ثم استل مسدسه من جيب سترته، وألصقه بصدغ (رامي)، الذي اتسعت عيناه في ذعر، و(كوفي) يقول:

- ماذا ستفعل؟

أجابه (إيتان)، بكل ما يملأ نفسه من غضب وحنق:

- كنت أظن هذا واضحًا، فهذا السخيف يعرف أكثر مما ينبغي، وسأفعل أنا معه ما ينبغي.

وجذب إبرة المسدس، مستطردًا في صرامة:

- سأقتله.

وانقبضت كل عضلة في جسد (رامي)..

وابتسم ملك الموت..

✿✿✿

جاسوس برغم أنفه..

توقفت سيارة فرنسية الصنع، أمام فندق (ريتز)، وفي داخلها بدت (رانيا) في أبهى صورها، وإن تعارض ذلك التوتر البادي على وجهها، مع ثوبها الأزرق الرقيق، وهي تقول للشاب الذي يقود السيارة، في شيء من العصبية:
- لست أدري كيف يمكنني مواصلة عملي بصورة طبيعية، ونحن لم نعثر بعد على أدنى أثر لـ (رامي).
قال الشاب، محاولًا تهدئتها:
- اطمئني يا (رانيا).. لقد أكدت لك أن اختطاف (رامي) مجرّد خطأ، ولن يلبث مختطفوه أن يدركوا أنهم ظفروا بالرجل الخطأ، وأنه مجرّد شخص عادي، لا صلة له بأعمالنا.
هتفت في حدة:
- وماذا تظنهم يفعلون به، عندما يكشفون هذا؟.. إنهم لن يسمحوا به بالخروج حيًا، بعد أن عرف عنهم كل ما عرف.
عقد حاجبيه، وهو يسألها في حذر:
- ماذا تظنينهم يفعلون به؟
لوَّحت بكفها، قائلة:
- يقتلونه طبعًا.
نطقتها في لهجة أقرب إلى البكاء، مما جعله يصمت بعض الوقت، ويتطلع إليها مشفقًا، قبل أن يسألها في خفوت:
- (رانيا).. أتحبين (رامي) هذا؟
ترقرت الدموع في عينيها، وهي تومئ برأسها إيجابًا، فعضّ الشاب شفته السفلى، وهو يغمغم:
- كنت أخشى هذا.
التفتت إليه، تسأله في دهشة:
- تخشاه؟!.. ولماذا تخشى هذا يا (علاء)؟
تنهد وهو يبتسم في مرارة، وقال:
- لقد فاز بما لم أنجح أنا في الفوز به.
ارتفع حاجباها في دهشة، وهي تقول في ارتباك:
- (علاء).. هل..
استوقفها بإشارة من يده، وقال:

- تظاهري بأنني لم أقل شيئًا.
ثم أضاف في حزم، وهو يشير إلى صدره:
- وأعدك أنني سأبذل أقصى جهدي، للبحث عن (رامي)، وإعادته لك سليمًا معافى.
غمغمت في ارتباك أكثر:
- (علاء).. إنني..
قاطعها مرة أخرى، قائلًا:
- لن نناقش هذا الآن يا (رانيا).. غير مسموح لنا بمناقشة الأمور الشخصية في أثناء العمل.
تنهدت قائلة:
- العمل؟!.. أتظنني أستطيع القيام بعملي الليلة؟
أجابها في حسم:
- ينبغي أن تبذلي أقصى جهدك لذلك، فلقد أصبحنا قاب قوسين او أدنى من النصر، ولن نفسد العملية كلها الآن.. هيا.. حاولي السيطرة على أعصابك، وممارسة حياتك على نحو طبيعي، لا يلفت الانتباه.
تمتمت:
- سأحاول.
ابتسم مشجعًا، ثم هبط من السيارة، ليفتح بابها، وعاونها على مغادرتها، وهو يقول:
- تبدين فاتنة الليلة.
غمغمت:
- أشكرك.
تركها تمضي إلى داخل الفندق، ثم أطلق زفرة من أعماق قلبه، وهو يقول:
- هنيئًا لك يا (رامي)، ويدهشني أن تقع فاتنة مثلها في حب ساذج مثلك..
تذكر اختطاف رامي فأعقب قوله بالتقاء حاجبيه، وهو يستطرد:
- ولكن المهم أولًا أن نعثر عليك يا رجل.. وعلى قيد الحياة.
كان هذا هو نفس الأمل، الذي يملأ أعماق (رانيا)، وهي تعبر صالة فندق (ريتز)، في طريقها إلى ملهاه الليلي، قبل أن تسمع ذلك الصوت المالوف يهتف:
- آنسة (رانيا).. يا لحظي الحسن!
التفتت إلى صاحب الصوت، وقالت:
- أستاذ (رياض).. كيف حالك؟.. يا لها من مصادفة!

ابتسم (رياض) تلك الابتسامة الجذابة، التي تزيد من وسامته، وهو يصافحها، وينحني ليلثم أطراف أناملها، قبل أن يعتدل قائلًا:

- ليست مصادفة تمامًا، فأنا أقيم هنا.

كانت تعلم هذا، وعلى الرغم من ذلك، فقد قالت شاردة:

- حقًا؟!

سألها في اهتمام:

- وماذا عنك؟.. ماذا تفعلين هنا؟

أشارت إشارة مبهمة، وهي تقول:

- لدي موعد هنا.

سألها مبتسمًا:

- موعد عمل، أم..؟

هتفت في سرعة:

- إنه موعد عمل بالطبع.

اتسعت ابتسامته، وهو يقول:

- على أية حال، يسعدني أن التقيت بك الآن، فأنا في طريقي لعقد أفضل صفقات عمري، وسأعتبر لقاءنا هذا فألًا حسنًا.

قالت، وهي تشعر بالضجر:

- أتمنى هذا، وأتمنى أن..

سطح مصباح التصوير ليبتر عبارتها، والتفت (رياض) في غضب إلى (رشاد)، الذي لوح بآلة التصوير، قائلًا:

- يبدو أنها أصبحت عادة..

هتف (رياض) في غضب:

- عادة قبيحة.

هز (رشاد) كتفيه، وهو يقول في سخرية:

- لكل وجهة نظره.

اندفع (رياض) نحوه، هاتفًا:

- أيها الحقير.

هوت قبضته على فك (رشاد)، بكل ما يملأ نفسه من غضب، ولكن (رشاد) تفادى الضربة في رشاقة، ولكم (رياض) في معدته، قائلًا:

- مهلًا يا رجل.. ليست هذه هي الوسيلة.

انثنى حسد (رياض)، ثم اعتدل في سرعة، ودار على قدمه اليمنى في مرونة مدهشة، وركل (رشاد) في وجهه، وهو يقول:

- ما رأيك في هذه؟
توترت (رانيا) في شدة، واندفع رجال أمن الفندق يمسكون المتقاتلين، ويمنعون اشتباكهما، وهتف مسؤول أمن الفندق:
- ليس هنا أيها السيدان.. لن نسمح بهذا هنا.
ابتسم (رشاد) في سخرية، وهو يقول لـ (رياض):
- ما رأيك في اختيار ساحة نزال أخرى؟
عدَّل (رياض) ثيابه، وقال في صرامة:
- ليس الليلة.
ورمق (رشاد) بنظرة نارية، مستطردًا:
- ربما فيما بعد.
واندفع مغادرًا الفندق، و(رشاد) يردّد من خلفه:
- من يدري؟.. ربنا التقينا أقرب مما تتصور.
أما (رانيا)، فقد غادرت ردهة الفندق في خطوات سريعة، ودلفت إلى الملهى الليلي، وهي تنظر إلى ساعتها في قلق، ثم لم تلبث أن أدارت عينيها في المكان، حتى لمحت مدير الشركة الفرنسية، الذي نهض لاستقبالها، وهو يبتسم ابتسامة هادئة، فاتجهت إليه تصافحه في حرارة، وهي تقول بالفرنسية:
- معذرة.. لقد التقيت بصديق قديم، في ردهة الفندق، وهذا سبب تأخيري.
قال مبتسمًا:
- لا عليك.
جذب مقعدها، ودعاها للجلوس، ثم جلس أمامها، وهو يقول:
- هل درست العرض جيدًا؟
أومأت برأسها إيجابًا، وقالت:
- إنه عرض جيد.. المهم أن نناقش التفاصيل.
بدأ يشرح كل ما لديه في اهتمام بالغ، في حين عجزت عن التركيز فيما يقول، وعقلها شارد بعيدًا..
مع الرجل الذي تحب..
مع (رامي)..
وكانت تلقي على نفسها سؤالًا واحدًا..
أهو على قيد الحياة؟..
أم..
أم ماذا؟..

✿ ✿ ✿

كانت فوهة المسدس ملتصقة تمامًا بجبهة (رامي)، وعلامات الغضب والسخط تملأ ملامح (إيتان) في وضوح، وسبابة هذا الأخير في طريقها لاعتصار زناد المسدس، وكل عضلة في جسد (رامي) منقبضة متوترة، عندما قال (كوفي) في حزم:

- حذار أن تفعل.

التفت إليه (إيتان) في حدة، وقال في عصبية:

- ماذا تعني؟.. هذا الرجل يعلم الكثير عنا، ومن المحتم أن أقتله.

قال (كوفي) في صرامة:

- لا.

ثم نهض من مقعده، واتجه إلى حيث (رامي)، وأبعد فوهة مسدس (إيتان) عن جبهته، وهو يقول:

- لقد سمحت لك بتجربة أسلوبك، ولم يسفر هذا عن نتائج حسنة، ولهذا سأستعيد قيادة العملية، وستسير الأمور بأسلوبي أنا.

خفض (إيتان) مسدسه، وهو يقول في حدة:

- وما الذي يقوله أسلوبك هذا، بشأن تاجر الخردة المصري هذا؟

أجابه (كوفي) في انفعال:

- يقول: إنني أستطيع الاستفادة منه، بدلًا من قتله.

كان (رامي) ينقل بصره بينهما في حيرة وتوتر، وهما يتبادلان هذا الحديث بالفرنسية، ثم مال (كوفي) نحوه، وسأله بالعربية:

- قل لي يا (رامي): هل تعرف (رياض عزيز)، و(رشاد سعيد)؟

أجابه (رامي) في توتر:

- نعم.. إنهما مصريان، وصلا معي على نفس الطائرة.

قال (كوفي):

- عظيم.. ما معلوماتك عنهما؟

هز (رامي) كتفيه، وقال:

- لست أعلم الكثير عنهما.. كل ما أعلمه هو أن أحدهما رجل أعمال، والثاني مصوِّر صحفي.

سأله (كوفي).

- وهل هذا حقيقي؟

ارتبك (رامي)، وهو يقول:

- لست أدري.. هذا ما أخبراني به.

لوَّح (كوفي) بيده، قائلًا:
- حاول إذن أن تتأكد مما قالاه.
سأله (رامي) في حيرة:
- كيف؟
أجابه (كوفي) في صرامة مباغتة:
- بأن تزداد التصاقًا بهما، وتنقل إلينا كل ما تعلمه عنهما.. هل تفهم؟
اتسعت عينا (رامي)، وهو يهتف في ارتياع:
- جاسوس؟!.. أتريد مني أن أصبح جاسوسًا؟
هتف (كوفي):
- لك مطلق الحرية في هذا، فإما أن تصبح جاسوسًا لحسابنا، أو.. انتزع مسدسه في حركة سريعة، وألصقه بجبهة (رامي)، وهو يضيف في خشونة:
- أو واحدًا من قتلانا.
اتسعت عينا (رامي) في رعب، و(كوفي) يسأله:
- ماذا تختار يا مسيو (رامي)؟.. هيا.. أبلغني قرارك على الفور، فلست أتميز بفضيلة الصبر للأسف.
خفض (رامي) رأسه في مرارة، وهو يقول:
- وما الذي يمكنني قوله؟
وبدا صوته أقرب إلى البكاء، وهو يضيف:
- إنني أوافق.
وتألقت عينا (كوفي) في ظفر، في حين لم ينبس (رامي) ببنت شفة ..
لقد صار جاسوسًا..
جاسوسًا برغم أنفه.

✿✿✿

منتصف الليل..

عبرت سيارة (رياض عزيز) ذلك الشارع الواسع، خلف متحف اللوفر، ثم انحرفت يمينًا، وقطعت أحد الشوارع الضيقة بسرعة كبيرة، قبل أن تنحرف يسارًا، وتتوقف على بعد عدة أمتار، من مبنى السفارة الإسرائيلية، وزميله (عوني)، الجالس إلى جواره، يقول في قلق:

- ألم يكن هناك مكان أفضل من هذا؟.. أنت تعلم أن كل العرب، المقيمين هنا في (باريس)، يبغضون ذلك المبنى، وكل من يقترب منه.

قال (رياض) في لا مبالاة:

- لست أنا من اختار الموعد.

ألقى (عوني) نظرة أخرى على المبنى، وتمتم في توتر بالغ:

- لست أعترض على الموعد، لكن على المكان.

تطلع (رياض) إلى ساعته، وقال في هدوء:

- لا تقلق نفسك بهذا.. عقارب الساعة تقترب من منتصف الليل في سرعة، وسينتهي كل شيء بعد قليل.

نظر إليه (عوني)، وهز رأسه قائلًا:

- أنت تمتلك أعصابًا في برودة الثلج.

نفث (رياض) دخان سيجارته، وقال:

- مهنتنا تحتاج إلى مثل هذه الأعصاب.

لوَّح (عوني) بكفه، وقال:

- ولكن ليس كل من يمتهنها يمتاز بهذا.

قالها وألقى نظرة على ساعته، بدوره، وخيل إليه أن عقاربها، على عكس ساعة (رياض)، تسير في بطئ شديد، حتى ليبدو أن تلك الدقائق الخمس، التي تفصله عن منتصف الليل، ستستغرق دهرًا كاملًا، قبل أن تمضي..

وراح عقرب الثواني يقطع المسافات في بطء مثير أمام عينيه، و(رياض) يدخن سيجارته في هدوء شديد، يزيد من عصبية (عوني) وتوتره..

ثم التقى عقربا الساعة، عند أعلى أرقامها، ووجد (عوني) نفسه يهتف:

- أخيرًا.

ابتسم (رياض) ابتسامة ساخرة، وهو يرمق (عوني) بنظرة جانبية، فهتف هذا الأخير في عصبية:

- الموعد في منتصف الليل تمامًا.. أليس كذلك؟

أجابه (رياض):

- نعم.. ولقد وصلوا في موعدهم.

قالها وهو يشير إلى مصباحي سيارة، سطعا عند المنحنى المواجه، ثم خبيا، وعادا يسطعان مرة أخرى، فأجاب الإشارة بحركة مماثلة في مصباحي سيارته، رأى بعدها السيارة تتجه إليهما، فسأل (عوني):

- هل أحضرت كل شيء؟

أشار (عوني) إلى حقيبة كبيرة، تستقر في المقعد الخلفي، وقال:

- كل شيء على ما يرام.

اقتربت السيارة الأخرى، وتوقفت إلى جوار سيارتهما تمامًا، ثم هبط منها رجل طويل القامة، ألقى نظرة باردة على (عوني) و(رياض)، قبل أن يقول:

- مسيو (رياض عزيز).. أليس كذلك؟

أجابه (رياض) في برود:

- ظننتك تحفظ وجهي عن ظهر قلب.

لم يبد الطويل أي اهتمام بملاحظة (رياض)، بل التفت إلى السيارة، وأشار إلى رجل نحيل داخلها، فغادر الرجل السيارة بدوره، وهو يحمل حقيبة أخرى كبيرة، فتح باب السيارة الخلفي، ودفعها فوق الأريكة، ثم التقط الحقيبة الأخرى بدلًا منها، وعاد بها إلى سيارته، والطويل يقول لـ (رياض):

- أظنها أفضل صفقات عمرك.

قال (رياض)، وهو يبذل أقصى جهده، ليخفي ذلك الانفعال الصارخ في أعماقه:

- إنها كذلك بالفعل.

أما (عوني)، فلم ينجح في كبت مشاعره، وهتف:

- إنها أفضل صفقات عمرنا حقًا، والرؤساء في (القاهرة) سوف..

سطعت الأضواء في وجوه الجميع فجأة، وارتفع صوت المفتش (فرانك)، وهو يقول في صرامة:

- فليستسلم الجميع دون مقاومة.. إننا نحاصر المكان.

صرخ (عوني) في ارتياع:

- ما هذا؟

أما النحيل، فقد قفز خلف عجلة قيادة سيارته، وأدار محركها في سرعة، صارخًا في الطويل:

- إنه فخ.. أسرع يا (بن جوريون).. أسرع..

تراجع الطويل في ذعر، وامتدت يده تخرج مسدسه، و(رياض) يهتف في غضب:

- اللعنة!.. إنه فخ بالفعل.
أخرج الطويل مسدسه، وأطلق منه بضع رصاصات، نحو المصابيح الساطعة في وجهه، والتي تغشى بصره، وحطم أحد المصابيح بالفعل، ولكن رصاصات الشرطة انهمرت عليه كالمطر، واخترقت رأسه وصدره، فأطلق صرخة ألم هائلة، قبل أن يسقط جثة هامدة، في حين اندفع النحيل بالسيارة، محاولًا الفرار، ولكن سيارة من سيارات الشرطة الفرنسية اعترضت طريقه، وتبادل أفرادها معه إطلاق النار، فأردوه قتيلًا في لحظة واحدة..
وصرخ (عوني) في انهيار:
- لقد انتهينا.
ولكن (رياض) اختطف الحقيبة الآخرى، وهو يخرج مسدسه، ويقفز خارج السيارة، هاتفًا:
- ليس بعد.
تبعه (عوني) في ارتياع، في نفس اللحظة التي أضيئت فيها كل الأنوار، المثبتة في أسوار مبنى السفارة الإسرائيلية، وانحرفا في طريق جانبي، وراحا يعدوان بكل قوتهما، و(رياض) يهتف:
- أرأيت لماذا اختاروا ذلك الموقع يا رجل؟.. السفارة الإسرائيلية تتوقع دائمًا أي هجوم، من قبل العرب، أية دولة، ولهذا تحيط سفارتها بجهاز أمني متحفز، سيتدخل حتمًا، إذا ما دار قتال أمام أسوار السفارة، لأي سبب كان.. أأدركت الآن لماذا اختاروا هذا المكان؟
هتف به (عوني)، وهو يرتجف رعبًا:
- المهم أن نبتعد عن هنا بقدر الإمكان، وأن..
بتر عبارته بغتة، عندما رأى تلك السيارة الصغيرة، التي اندفعت نحوهما، من المنحنى المقابل، وتراجع هاتفًا:
- إنه فخ آخر.
قفز (رياض) جانبًا، متفاديًا السيارة الصغيرة، التي واصلت طريقها في سرعة، وصدمت (عوني) صدمة جانبية، ألقت به على قارعة الطريق، ثم دارت حول نفسها في مهارة مدهشة، وانطلقت مرة أخرى نحو (رياض)، و(عوني) يصرخ:
- لقد كسر ساقي.. ذلك اللعين كسر ساقي.
أما (رياض)، فقد انتزع مسدسه، وصوبه نحو السيارة في انفعال، ولكن السيارة انحرفت في سرعة كبيرة، وبمناورة ممتازة، تشف عن براعة

سائقها وحنكته، ثم مالت نحو (رياض) على نحو مربك، وضربت حقيبته في قوة، فانكسر رتاجها، وتناثرت محتوياتها وسط الطريق، قبل أن تواصل السيارة اندفاعها، وتضربه ضربة متوسطة، كانت تكفي لدفعه نحو الحائط، حيث ارتطم به في قوة، ثم سقط على وجهه فاقد الوعي..

وفي هدوء، توقفت السيارة الصغيرة، وهبط سائقها متجهًا نحو تلك الأكياس الصغيرة، ذات المسحوق الأبيض الناعم، التي تناثرت من الحقيبة، وانحنى يجمع بعضها في هدوء مثير، على الرغم من صوت سيارات الشرطة، الذي يقترب في سرعة، وبعدها عاد إلى السيارة، وانطلق بها مبتعدًا..

وفي نفس اللحظة، التي اختفت فيها سيارته في أول منحنى، ظهرت سيارة الشرطة، من المنحنى المقابل، وضغط سائقها فراملها في قوة، عندما رأى مشهد (عوني) المصاب، و(رياض) الملقى على وجهه، وأكياس المخدر ملقاة متناثرة فوق الطريق، وقفز المفتش (فرانك) من سيارته، هاتفًا:

ـ يا إلهي!.. لقد سقطا.

وتنهد في ارتياح، مستطردًا:

ـ كنت أعلم أنه هناك أمر ما خلف هؤلاء المصريين.. كنت أعلم هذا.

وابتسم في ظفر..

❀❀❀

كانت عقارب الساعة تشير إلى الثالثة صباحًا، إلا بضع دقائق، عندما رأت (رانيا) (رامي) يعبر باب الفندق، والإرهاق يبدو على كل خلية من خلاياه، فاندفعت نحوه غير مصدقه، وهي تهتف في حرارة:

ـ (رامي)!.. حمدًا لله.. حمدًا لله على سلامتك.. كدت أشك في رؤيتك ثانية، على قيد الحياة.

تعلقت بعنقه، وتركت نفسها بين ذراعيه، وهو يغمغم بحنان جارف:

ـ ولا أنا يا (رانيا).. ولا أنا تصورت أنني سأحيا مرة ثانية.

ثم أمسك كتفيها، وتطلع إليها لحظة، قبل أن يستطرد:

ـ ولكن لماذا أنت هنا؟.. لماذا لم تذهبي إلى فراشك بعد؟

ترقرق الدمع في عينيها، وهي تقول:

ـ كنت أنتظرك.

ارتفع حاجباه في دهشة، ثم التقيا في حنان، وهو يقول:

ـ تنتظرينني أنا؟

انحدرت دمعة فرح من عينيها، وهي تقول:

ـ لم أفقد الأمل أبدًا، في عودتك سالمًا.

غمرته سعادة الدنيا كلها، مع كل هذا الحب، الذي تتحدث به، فتطلع إلى عينيها غير مصدّق، وهتف مخلصًا:
- يا إلهي!.. لو أنني أعلم أن محنتي ستفجر عواطفك الحقيقية، على هذا النحو، لطلبت من أولئك الأوغاد اختطافي منذ زمن.
سألته في حرارة:
- ولكن لماذا اختطفوك؟ وماذا فعلوا بك؟ ومن هم بالضبط؟
تلفت حوله في قلق، قبل أن يجيبها:
- كانوا يظنونني شخصًا آخر.
هتفت في دهشة:
- فقط.
تلفت حوله مرة أخرى في انزعاج، قبل أن يهمس:
- أرجوك يا (رانيا).. لا داعي للتحدث عنهم هنا.
عقدت حاجبيها، وهي تتطلع إليه لحظة، ثم قالت:
- ماذا فعلوا بك يا (رامي)؟
قال في توتر:
- ليس هنا يا (رانيا).. لس هنا.
أمسكت يده، وهي تقول في صرامة:
- ماذا فعلوا بك؟
ارتبك في شدة، وهو يهمس:
- طلبوا مني أن أعمل لحسابهم.
تراجعت هاتفة:
- ماذا؟.
ثم عادت تمسك يده، وتتطلع إلى عينيه مباشرة، وهي تقول:
- اسمع يا (رامي).. يبدو أننا لن ننعم بنوم هادئ اللية، فلن أتركك حتى تقص علي ما حدث.. كل ما حدث.
لم يعترض هذه المرة، وراح يقص عليها كل شيء..
وبكل التفاصيل..

✿✿✿

أطلقت إطارات سيارة (إيتان) صريرًا عاليًا، وهي تتوقف أمام تلك الفيلا الصغيرة، التي يقيم فيها (كوفي)، في قلب (باريس)، والتي تحمل لافتتها اسم (المركز الثقافي الإسرائيلي)، وقفز (إيتان) من السيارة، يدق باب الفيلا في قوة وعصبية، حتى فتح (لافي) الباب، وقال بصوته الخشن الغليظ:

- هل من أوامر جديدة من القيادة؟
دفعه (إيتان) جانبًا، وهو يعبر الباب، قائلًا في انفعال:
- أيقظ (كوفي).. الأمر هام للغاية.
ظهر (كوفي) عند الطابق الثاني، وهو يهبط في درجات السلم، قائلًا في حنق:
- لقد أيقظتني طرقاتك العنيفة.. ماذا تحمل هذه المرة؟
لوّح (إيتان) بالصحيفة، التي يمسكبها في يده، وهو يقول:
- أقرأت هذا؟.. إنه ملحق خاص، أصدرته صحيفة (لوموند)، عن ضبط شبكة مخدرات دولية، في منتصف الليل.
رفع (كوفي) حاجبيه في دهشة، وهو يقول:
- منتصف الليل؟!.. وكيف أمنكهم إصدار مثل هذا الملحق الخاص، في هذا الوقت القصير؟.. إنها لم تتجاوز الخامسة صباحًا بعد!!
هتف (إيتان):
- ليس هذا هو المهم، فالمفاجأة تأتي مع التفاصيل.. الصحيفة تقول إن الشبكة تضم اثنين من موظفي السفارة الإسرائيلية، ومصريين.
صاح (كوفي) في ارتياع:
- حقًا؟.!
أضاف (إيتان) في عصبية:
- وأحد هذين المصريين هو (رياض عزيز).
تفجر الذهول من وجه (كوفي)، وهو يهتف في غضب:
- (رياض عزيز)؟!.. هل كان (رياض عزيز) أحد المتعاملين معنا، في مجال تهريب المخدرات إلى (مصر)؟!.. لماذا لم يخبرنا أحد إذن؟.. لماذا تركونا نراقبه، ونحيطه بشكوكنا.. بل نحاول قتله، دون أن يبلغونا بأمره؟
قال (إيتان)، وهو يصب لنفسه كأسًا من الخمر في عصبية:
- ربما لأننا لم نبلغهم بشكوكنا حوله، أو حتى بمراقبتنا له.. لقد رحنا ضحية عدم التنسيق في العمل يا رجل.
وجرع جرعة من كأسه، قبل أن يضيف:
- وليس هذا أيضًا هو أخطر ما في الأمر، فإلقاء القبض على (رياض) يوصلنا إلى تحديد شخصية الجاسوس المصري، على نحو أكثر بساطة، ولكن الأهم هو أن نتحرك في سرعة، فلن يلبث الرأي العام أن ينقلب على المصريين والإسرائيليين، وتصبح حركتنا أكثر صعوبة.
أجابه (كوفي)، وهو يصعد مرة أخرى إلى الطابق الثاني:

- لن يحدث هذا.. سأرتدي ثيابي، وأذهب على الفور إلى السفارة، وهناك يمكننا تنسيق العمل، مع ملحقنا العسكري.. لا تقلق.. سيسير كل شيء على ما يرام.
هتف به (إيتان):
- وماذا عن الجاسوس؟.. ماذا عن (رشاد سعيد)؟
لوح (كوفي) بكفه، قائلًا:
- تول أمره، مع (لافي).. لا أريد منه أن يشهد غروب الشمس في (باريس).. هيا يا رجل.. إن العملية لصالحنا هذه المرة.
برقت عينا (إيتان)، وهو يقول:
- نعم.. سننهي العملية لصالحنا هذه المرة.
وبإشارة من يده، أخرج (لافي) مسدسه، وجذب مشطه، واستعدّ لجولة ثانية من القتال..
جولة دموية..

✿✿✿

استمعت (رانيا) إلى (رامي) في اهتمام بالغ، دون أن تقاطعه مرة واحدة، ثم بدت على وجهها علامات التفكير العميق، وهي تقول:
- إذن فقد طلبوا منك مراقبة (رشاد) و(رياض).
أومأ (رامي) برأسه إيجابًا، وقال في أسف:
- هذا صحيح.. ولست أدري كيف يمكنني فعل هذا؟
تطلعت إليه لحظة في إشفاق، وقالت:
- ليس أمامك سوى طاعة ما يأمرونك به.
هتف في ارتياع واستنكار:
- ماذا تقولين يا (رانيا).. أتريدين مني أن أصبح جاسوسًا؟
أمسكت يده، وهي تقول:
- ليس أمامك سوى هذا، وإلا فسيقتولنك بلا رحمة، ولست محترفًا لتواجه أوغادًا مثلهم.. أما (رياض) و(رشاد)، فإما أن يكونا محترفين، وفي هذه الحالة لن تعرف عنهما الكثير، وسيمكنهما في الوقت ذاته التصدي لخصومهما، وإما ألا يكونا كذلك، وهنا لن يضيرهما أن تنقل أسرارهما إلى هؤلاء الأوغاد.
صمت لحظات، وهو يدرس منطقها، قبل أن يتمتم:
- ربما كنت على حق، ولكن..
قاطعته في حزم:

- لا يوجد حل سوى هذا.
خفض عينيه، قائلًا في استسلام:
- أنت على حق.
تنهدت في شفقة، وهي تتراجع، وتلقي عليه نظرة طويلة، قبل أن تقول:
- كان ينبغي أن تغادر (باريس)، قبل أن تواجه كل هذا.
قال في إصرار:
- ما كنت لأتركك وحدك.
ابتسمت في حنان، وهي تقول:
- من يدري يا (رامي)؟.. مهمتي أنا أيضًا تقترب من نهايتها، وربما غادرنا (باريس) معًا، في القريب العاجل.
أمسك يدها في عاطفة، وهو يقول:
- نعم.. من يدري؟

✿✿✿

أزاح (إيتان) منظاره المقرّب عن عينيه، وهو يقول لـ (لافي):
- ها هو ذا.. مازال يواصل انتحاله لشخصية المصور الصحفي، ويلتقط الصور للمفتش الفرنسي، الذي ألقى القبض على (رياض).
جذب (لافي) مشط مسدّسه، وهو يقول:
- يمكننا اصطياده أثناء انصرافه.
أعاد (إيتان) منظاره إلى عينيه، وهو يقول:
- بالطبع.. تري ماذا يقول للمفتش (فرانك) الآن؟
غمغم (لافي) بصوته الخشن:
- لن يمكنك سماعهما، من هذه المسافة.
قال (إيتان)، وهو يراقب (رشاد) في اهتمام:
- إنني أستطيع قراءة حركات الشفاة.. لقد تلقيت تدريبًا مكثفًا على هذا.
كان يرى (رشاد) عبر منظاره، وهو يتحدث مع المفتش (فرانك) بابتسامة كبيرة، وانعقد حاجباه في شدة، وهو يستوعب فحوى الحديث، قبل أن يهتف:
- يا للشيطان؟
سأله (لافي) في اهتمام:
- ماذا هناك؟
واصل (إيتان) مراقبته لحديث (رشاد) و(فرانك) لحظات أخرى، قبل أن يجيب في عصبية:
- مفاجأة يا (لافي).

ثم أزاح المنظار ثانية عن عينيه، وهو يلتفت إلى (لافي) مستطردًا:

- مفاجأة مذهلة.

وكان على حق.

سقوط..

تصاعد غضب (كوفي) تدريجيًا، وهو يقود سيارته، متجهًا إلى السفارة الإسرائيلية..

كان يشعر في أعماقه بحنق بالغ، لأن أحدًا من رجال السفارة، لم يبلغه بحقيقة (رياض عزيز)، وتعاملاته معهم، على الرغم من أنه هو بالذات صاحب فكرة ترويج المخدرات داخل (مصر)، ومعاونة المنحرفين من أبنائها، وتشجيعهم على الإتجار في تلك السموم القاتلة، لإفساد الجيل القادم كله..

هو صاحب فكرة الحرب الطويلة مع المصريين..

صحيح أنه بقى في الظل، ولم يحصل حتى على صفة ديبلوماسية، داخل الأراضي الفرنسية، ولكن هذا كان الأفضل، في مجال عمله، الذي يعتمد – أكثر ما يعتمد – على الغموض والسرية..

ولكن كيف يتجاهلون هكذا؟..

لماذا لا يحاولون التنسيق بين عملهم وعمله؟

أهي محاولة لانتزاع سبق النصر منه؟..

أم هي وسيلة جديدة؛ لإبعاده عن الساحة؟..

زاد من سرعة سيارته في غضب، ثم لم يلبث أن انتبه إلى تجاوزه السرعة المقررة داخل العاصمة، فضغط فرامل السيارة، ليخفض من سرعتها، ولكنه رأى ذلك الشرطي، راكب الدراجة البخارية، يشير إليه بالتوقف، فغمغم في سخط:

- لم يكن ينقصني سوى إضاعة الوقت هذه.

استجاب لإشارة الشرطي، وتوقف إلى جانب الطريق، ولكنه فوجئ بسيارة شرطة تتوقف خلفه، وأخرى إلى جواره، ثم يهبط منهما عدد من رجال الشرطة، يحاصرون سيارته، وكأنهم يمنعونه من محاولة الفرار، فقال في عصبية:

- لست أظن مخالفة سير بسيطة، تحتاج إلى كل هذا.

غمغم أحد رجال الشرطة في سخرية:

- مخالفة سير؟! أرني جواز السف الخاص بك.

أخرج (كوفي) جواز سفره وأعطاه للشرطي قائلًا:

- أليس من المناسب أن تطلب الإطلاع على رخصة القيادة.

أخذ الرجل يفحص الجواز في اهتمام، في حين قال زميله بنفس السخرية:

- وما حاجتنا إلى رخصة القيادة؟
انتبه (كوفي)، في هذه اللحظة فقط، إلى أن الأمر يتجاوز بالفعل مجرد مخالفة سير بسيطة، وخاصة عندما قال الشرطي الأول في اهتمام:
- من حسن الحظ أنه لا يحمل جوازًا دبلوماسيًا، وإلا تعقدت الأمور كثيرًا.
سأله (كوفي) في توتر:
- ماذا هناك؟
أجابه الشرطي في هدوء:
- ستعلم كل شيء بعد قليل ياسيدي.. والآن هل يمكنك معاونتنا، بفتح حقيبة سيارتك الخلفية.
سأله (كوفي) في حدة:
- ولماذا أفعل؟
أجابه الشرطي الآخر في برود:
- لأننا نطلب منك هذا.
أدرك (كوفي) عدم جدوى المجادلة والاعتراض، فانصاع للأمر، وغادر سيارته، وفتح حقيبتها الخلفية، ولم يكد يفعل حتى جحظت عيناه في ذهول، وهو يحدّق في تلك الأكياس الصغيرة، المملوءة بالمسحوق الأبيض، والمستقرة في قاع الحقيبة، في حين ابتسم مفتش الشرطة الأوَّل، وهو يقول ظافرًا:
- كان البلاغ محقًا.
صاح (كوفي):
- لست أعلم شيئًا عن هذه المخدرات.. إنها مدسوسة.
قال المفتش الثاني بنفس السخرية:
- حقًا؟!.. وكيف علمت أنها مخدرات؟
وأحاط معصمي (كوفي) بالأغلال، وهو يضيف:
- هل تسلّلت إلى حقيبتك، في جنح الظلام إذن؟
صاح (كوفي)، وهو يقاوم قيوده:
- إنها مؤامرة.. مؤامرة حقيرة.
دفعة المفتش الأول نحو سيارة الشرطة، وهو يقول:
- لا تحاول الإنكار يا رجل.. كل الأدلة تدينك بلا أدنى شك، ولقد أبلغنا مجهول أنك زعيم تلك الشبكة، التي تعمل على ترويج المخدرات، بين (مصر) و(إسرائيل)، وأننا سنجد بعض هذه المخدرات في حقيبة سيارتك.
صرخ في مرارة:

- إنها مؤامرة.. مؤامرة من المصريين.

دفعه المفتش الثاني داخل سيارة الشرطة، وهو يقول ساخرًا:

- لقد نجحوا في مؤامرتهم إذن. نجحوا تمامًا.

✿ ✿ ✿

اندفع (إيتان) و(لافي) داخل الفيلا الصغيرة، والأول يهتف في انفعال:

- مفاجأة يا (كوفي).. مفاجأة مذهلة.

تلفت (لافي) حوله، قبل أن يقول بصوته الخشن:

- إنه ليس هنا.. لم يعد بعد.. كنت أعلم هذا، عندما لم نجد سيارته في الخارج.

هتف (إيتان):

- يا للخسارة!.. إنني أحترق شوقًا ولهفة، لإبلاغه ما كشفناه، عن ذلك المصري.

قال (لافي)، وهو يهز رأسه في توتر:

- لن يصدق هذا أبدًا.

ارتفع في تلك اللحظة رنين الهاتف، فأسرع (إيتان) يلتقط سماعته، ويقول في انفعال واضح:

- هنا المركز الثقافي الإسرائيـ....

بتر عبارته، ليهتف:

- صباح الخير يا سيادة السفير.. إنه أنا.. (إيتان بن يهوه).. لم نجد (كوفي) هنا، و..

بتر عبارته مرة أخرى، واتسعت عيناه في دهشة عارمة، وهو يهتف:

- ماذا؟

اقترب منه (لافي)، يسأله في توتر:

- ماذا حدث؟ .

لم يجب (إيتان)، الذي اتسعت عيناه أكثر وأكثر، وهو يستمع إلى السفير الإسرائيلي في (باريس)، عبر أسلاك الهاتف، قبل أن ينهي المحادثة في ذهول عنيف، جعل (لافي) يسأله في توتر أكثر:

- ماذا حدث؟

التفت إليه، قائلًا بنفس الذهول:

- لقد ألقوا القبض على (كوفي).

تراجع (لافي) كالمصعوق، هاتفًا:

- ماذا؟

ثم سأل في ارتياع:

- من ألقى القبض عليه؟.. المصريون؟!
أجابه (إيتان) ذاهلًا:
- بل الفرنسيون.. الشرطة الفرنسية ألقت القبض عليه، بتهمة الإتجار في المخدرات، وعثروا في سيارته على كيلو جرامين من الهيروين النقي.
هتف (لافي):
- ماذا؟.. إنها مؤامرة حتمًا.. إنهم المصريون.
أجابه (إيتان) في مرارة:
- ما من شك في هذا، فلقد أرسل عميلهم هنا رسالة (فاكس) إلى القيادة في (تل أبيب)، يبلغهم فيها أمر سقوط (كوفي)، وتحيات المخابرات المصرية أيضًا.
ومرة أخرى، هتف (لافي):
- ماذا؟!
تحرَّك (إيتان) في المكان، في غضب عارم، وهو يقول:
- إنه يُعلن سخريته منا، ومعرفته رقم هاتفنا السري في (تل أبيب)، في الوقت ذاته، ولقد أبلغني السفير الآن أنهم غاضبون جدًا هناك في (تل أبيب)، وأنهم يمهلوننا يومًا واحدًا، لكشف أمر هذا العميل، وتصفيته، وإلا تمت إعادتنا إلى الوطن، ومحاكمتنا هناك.
ارتجف (لافي)، وهو يقول في غلظة أكثر:
- لابد أن نجده إذن.
لوح (إيتان) بكفه، هاتفًا:
- كيف؟.. لقد أصحبت أجهل حتى من هو.. (رامي) تاجر أدوات تجميل في (الموسكي) بالفعل، و(رياض) تاجر مخدرات، تم إلقاء القبض عليه، و(رشاد) ليس مصورًا صحفيًا، كما أثبت تقرير رجالنا في (القاهرة)، ولكنه أيضًا ليس رجل المخابرات المنشود، فلقد رأيته بنفسي يقول للمفتش (فرانك) إنه ضابط من ضباط إدارة مكافحة المخدرات. وأنه كان يتعقب (رياض)، بأوامر من قادته، وبالتعاون مع السلطات الفرنسية، وأنه التقط له عدة صور تكفي لإدانته، إلى جوار ضبطه متلبسًا.. فمن العميل المصري إذن؟
غمغم (لافي) في توتر:
- لست أدري.
ضرب (لافي) راحته بقبضته، وقال في حنق:
- هناك خطأ ما حتمًا.. إما أن رجلنا السابق في (القاهرة)، قد أخطأ الحرف الأول للأسم، أو أن موعد الطائرة كان مختلفًا، أو..

بتر عبارته فجأة، واتسعت عيناه عن آخرهما، قبل أن يهتف:

- يا للشيطان!!

ثم أمسك ذراع (لافي) في شدة، مستطردًا:

- نحن الذين أخطأنا الفهم منذ البداية.. رجلنا لم يقل: إن المصريين قد أرسلوا أفضل رجالهم، وإنما أفضل عملائهم، وهناك فارق كبير بين الحالتين.

سأله (لافي) في اهتمام:

- أي فارق؟

هتف (إيتان) في حماس:

- فارق ضخم يا رجل.. الفارق بين نجاحنا وفشلنا.. هذا الفارق هو الذي أرشدني إلى معرفة العميل المنشود يا رجل.. لقد عرفت خصمنا.. عرفته تمامًا..

وتفجر الظفر مع حروف كلماته..

❀ ❀ ❀

- (رياض عزيز) تاجر مخدرات؟!.. لا يمكنني تصديق هذا أبدًا.!

هتف (رامي) بالعبارة، وهو يلوح بكفيه في دهشة، فهزت (رانيا) رأسها، وقالت:

- أنا أيضًا لم أصدق هذا، عندما قرأت ملحق (لوموند) في الصباح، ولكن (رشاد) زارني، وقص عليّ القصة كلها.

سألها في دهشة:

- (رشاد) زارك؟!.. متى؟

أجابته مبتسمة:

- في الصباح الباكر، ولكن لماذا تبدو غاضبًا هكذا.. هل تغار؟

ابتسم قائلًا:

- بالطبع.

ثم عاد يسألها:

- ولكن لماذا زارك (رشاد) في الصباح؟

أجابته في اهتمام:

- جاء ليعترف أنه ضابط مكافحة مخدرات مصري، وأنه كان يطارد (رياض) طيلة الوقت.

رفع حاجبيه، هاتفًا في دهشة:

- ضابط مكافحة مخدرات؟!.. أليس مصورًا صحفيًا؟

هزت رأسها نفيًا، وقالت:

- كان ينتحل هذه الصفة فحسب، حتى يمكنه مراقبة (رياض) وتتبعه، وتلك المرات التي التقط فيها صوره، كانت وسيلة لتبرير وجوده فحسب.
سألها (رامي) في ضيق:
- ولماذا يأتي في الصباح الباكر، ليعترف لك بهذا؟
ابتسمت قائلة:
- أتعدني ألا تغار؟
قال في ضيق:
- لا يمكنني أن أعدك بهذا.
أطلقت ضحكة مرحة صغيرة، قبل أن تقول:
- حسنًا.. لقد أتى لخطبتي.
هتف مستنكرًا:
- خطبتك؟!.. (رشاد سعيد) أراد خطبتك؟
أومأت برأسها إيجابًا، وقالت:
- اسمه ليس (رشاد سعيد)، بل (عادل منصور)، لقد اعترف لي بهذا، بعد انتهاء مهمته، وطلب يدي، و..
قال في عصبية:
- وماذا؟
ابتسمت في حنان، قائلة:
- ولكنني رفضت.
تهلّلت أساريره، وهو يهتف في سعادة:
- رفضت؟.. أرفضت حقًا يا (رانيا)؟
أومأت برأسها إيجابًا، وقالت بابتسامة خجلى:
- نعم يا (رامي).. رفضت عرض (رشاد).. أقصد (عادل)، وأخبرته أنني لا أستطيع الموافقة على الارتباط به؛ لأنني أحب شخصًا آخر.
ارتفع حاجباه في حنان، وهو يقول:
- حقًا يا (رانيا)؟.. أأخبرته هذا حقًا؟
تضرّج وجهها بحمرة الخجل، وأشاحت به، وهي تقول محاولة إبدال الموضوع:
- قل لي: هل نستأجر سيارة، بدلًا من التعلق بالمواصلات؟
قال مبتسمًا، وقد أدرك محاولتها للفرار:
- لا يمكنني هذا.
قالت في مرح:

- اطمئن.. لن يكلفك هذا الكثير.

هز رأسه، قائلًا:

- ليست مشكلة اقتصادية كما تظنين.. إنها مشكلة عملية.

سألته:

- ماذا تعني؟

أجباها بنفس الابتسامة البسيطة:

- إنني أجهل القيادة.

سألته في دهشة:

- قيادة ماذا؟

أجاب ضاحكًا:

- قيادة السيارات.

تطلعت إليه لحظة في دهشة، قبل أن تنفجر ضاحكة، وهي تقول:

- بالطبع.. لماذا أدهشني ذلك؟.. لقد تصوَّرت لحظة أن الجميع يجيدون قيادة السيارات، على الرغم من أن عدد من يجيدون هذا في (مصر)، يقل بعشرات المرات عمن يجهلونه.

قال مبتسمًا:

- سأنضم إلى واحدة من مدارس تعلم قيادة السيارات، عند عودتنا إلى (القاهرة)، و..

بتر عبارته بغتة، عندما توقفت أمامهما سيارة كبيرة، قفز منها (إيتان) و(لافي)، اللذان صوبا مسدسيهما إلى (رانيا)، ثم جذبها (لافي) من يدها في خشونة، وهو يقول:

- تعالي.

اندفع (رامي) نحوه، هاتفًا:

- ماذا تفعل؟

الصق (إيتان) مسدسه بجانبه، وهو يقول في صرامة، باللغة العربية:

- لا تتدخل يا (رامي).. إننا نريدها هي فحسب.

وهتفت (رانيا):

- لا تتدخل يا (رامي).. أرجوك.

ولكن (رامي) قال في عناد:

- لن تذهب (رانيا) إلى أي مكان بدوني.

دفعه (إيتان) بدوره داخل السيارة، وهو يقول في غلظة:

- فليكن.. أنت الجاني على نفسك.

انطلقت بهم السيارة، و(إيتان) يصوب مسدسه إلى (رانيا) و(رامي)، وهذا الأخير يقول في توتر:

- ما الذي تريدونه من (رانيا) بالضبط؟

أجابه (إيتان) في صرامة:

- لا شأن لمك بهذا.

وقالت (رانيا):

- هل أرسلكما مسيو (فيكتور)؟

ابتسم (إيتان) في سخرية، وقال:

- لا داعي لهذا التحايل يا آنستي.. لقد كشفنا أمرك، ولن تجدي محاولات الخداع هذه.

عاد (رامي) يقول في عناد:

- ما الذي تريدونه منها؟

أجابه (إيتان) في لهجة ظافرة شامتة:

- اطمئن يا رجل.. ستعرف بعد قليل، وربما تندم على معرفتك هذه.. تندم كثيرًا.

وأطلق ضحكة ساخرة مخيفة.

اختطاف..

انهمك مدير المخابرات العامة المصرية، في دراسة بعض التقارير العاجلة، التي وصلته في الصباح الباكر، عندما سمع طرقات هادئة على باب مكتبه، فقال دون أن يرفع عينيه عن الأوراق:

- ادخل.

دلف إلى مكتبه ضابط شاب، رفع المدير عينيه إليه، وقال:

- ماذا هناك يا (شهدي)؟

أجابه (شهدي):

- لقد اختطف (إيتان) و(لافي) عميلنا في (باريس).

ابتسم مدير المخابرات، وقال:

- لا تجعل هذا يقلقك، فكل فرد من أفراد جهازنا، يجيد تمامًا رعاية نفسه، ثم إن عميلنا هذه المرة يختلف.

أومأ (شهدي) برأسه موافقًا، وقال:

- الدليل على هذا هو سقوط (كوفي) في الفخ.. إنهم مصابون بالجنون في (تل أبيب)، إذ أن واضع خططهم الأول سيسجن لعشر سنوات على الأقل، بتهمة الإتجار في المخدرات، وهي تهمة مدنية، لا يمكن الإفراج عن مرتكبها، قبل انتهاء مدة سجنه، كما يحدث عادة، في قضايا التجسس.

قال المدير في زهو:

- لا تنس سرقة أوراق المركز الثقافي، الذي أصابهم بجنون آخر.

ثم أضاف بابتسامة كبيرة:

- كل شيء على ما يرام بالفعل، ولا تقلق بشأن عميلنا.. لا تقلق أبدًا.

❀❀❀

التقى حاجبا (رانيا) في صرامة، وهي تجلس في ردهة فيلا المركز الثقافي الإسرائيلي، ومسدس (لافي) مصوب إلى رأسها، وإلى رأس (رامي)، الذي يجلس متوترًا، على المقعد المواجه لها، عبر الردهة، في حين ارتشف (إيتان) رشفة من كأسه، وهو يقول في ثقة:

- لم تعد هناك فائدة من الإنكار يا آنسة (رانيا).. إنني الآن أعرف كل شيء عنك، وأعلم بكل ثقة، أنك عميل المخابرات المصرية، الذي نبحث عنه.

قالت في حدة:

- ثقتك بنفسك ليست في محلها، يا رجل، فلست أنتمي إلى المخابرات المصرية، ولا أعلم شيئًا عنها.

أطلق ضحكة ساخرة، وقال:

- قلت لك ألا فائدة من الإنكار.

وهنا قال (رامي) في عصبية:

- لماذا لا تتحدثان بالعربية، حتى يمكنني فهم حديثكما؟

ابتسم (إيتان)، وقال:

- لا بأس يا تاجر (الموسكي).. لن يضيرنا هذا.

ثم لوّح بكفه، مستطردًا بالعربية:

- صديقتك هذه تظن نفسها أذكى نساء الأرض، ولكننا كشفنا أمرها، وعلمنا أنها تعمل لحساب المخابرات المصرية.

هتف (رامي) في دهشة:

- المخابرات المصرية؟!

قالت (رانيا) في صرامة:

- لا تصدق حرفًا واحدًا من هذا.

ولكنه تابع بنفس الدهشة، وكأنه لم يسمع اعتراضها:

- ألهذا قلت: إنك هنا في مهمة سرية، لحساب الحكومة المصرية؟

برقت عينا (إيتان) في ظفر، في حين هتفت (رانيا) في غضب:

- لماذا قلت هذا؟

أطلق (إيتان) ضحكة ظافرة عالية، وهو يقول:

- أرأيت؟.. لقد كنت على حق تمامًا.

أما (رامي)، فقد شحب وجهه، وغمغم في ارتباك:

- يا إلهي!.. ماذا قلت؟

قال (إيتان)، وهو يلوّح بكفه:

- لقد كشفت الحقيقة يا رجل، وأفسدت على المخابرات المصرية جولتها الأخيرة..

قالت (رانيا) في حدة:

- إنه لا يفهم شيئًا..

ضحك (إيتان) في سخرية، وقال:

- بالطبع يا عزيزتي، ولكن دعيني أهنئ المخابرات المصرية على اختيارها لك، فلم نتوقع أبدًا أن يكون عميلهم الأوّل امرأة، ومع رسالة عميلنا السابق، تركزت أفكارنا كلها حول البحث عن رجل، يبدأ أسمه بحرف (الراء)، دون أن يخطر ببالنا أنك أنت من نبحث عنه، على الرغم من أن اسمك يبدأ أيضًا بحرف (الراء).

قالت في حدة:
- لا تتماد في خداع نفسك يا رجل.. قلت لك إنني لست ذلك العميل، الذي تبحثون عنه.
قال (لافي) ساخرًا:
- ولكن رفيقك كشف الأمر دون أن يدري يا فتاتي، وأنت أخطأت تمامًا، عندما بحت له بهذا السر، فهذا يتعارض تمامًا مع ضرورات الأمن، في عالم المخابرات.
صاحت في عصبية:
- ولكنني لست أعمل في المخابرات.
ابتسم في سخرية، وهو يقول:
- ما معنى كونك تؤدين مهمة سرية، لحساب الحكومة المصرية إذن؟
قالت متوترة:
- إنني بالفعل أقوم بمهمة سرية، لحساب الحكومة المصرية، ولكنها ليست لحساب المخابرات العامة، بل لحساب مباحث الأموال.
عقد (إيتان) حاجبيه، وقال في دهشة:
- ماذا؟
أجابته في عصبية:
- هذه هي الحقيقة.. إنني أعمل في شركة مصرية فرنسية، من شركات الاستثمار الجديدة، ولقد كشفت مباحث الأموال عن وجود مؤامرة اقتصادية، بين مدير الشركة الفرنسي، مسيو (فيكتور)، ومديرها المصري، لاختلاس جزء كبير من أرباح الشركة، وتحويلها إلى هنا، لخداع مصلحة الضرائب المصرية، وكان المختلسون على درجة عالية من الخبرة والمهارة، بحيث درسوا الأمر جيدًا، وجمعوا معلومات كبيرة، عن كل رجل يعمل في مباحث الأموال، حتى تفشل أية محاولة للتسلل داخل الشركة، وكشف التلاعب من مصادره الرئيسية، وهنا انتقاني رجال المباحث المالية، واتفقوا معي على مجاراة المسئولين في الشركة المصرية الفرنسية، واستدراجهم إلى محاولة عقد صفقة معي، بصفتي المدير المالي للشركة، تزيد من أرباحهم السرية، مقابل نسبة كبيرة، أحصل عليها.. ولهذا سافرت إلى هنا، واتصلت بمسيو (فيكتور)، الذي عرض عليَّ القيام بالعمل، والمفروض أن ألتقي به في المساء، وأسجل كل ما يدور بيني وبينه من حوار، حتى يتم إلقاء القبض عليه متلبسًا، فيعترف بأسماء شركائه.

صمتت لحظة، اتجهت خلالها كل الأنظار إليها في دهشة وصمت، فازدردت لعابها، وتابعت في توتر:

- كنت أعلم أنها ليست بالمهمة السهلة، وأن (فيكتور) ورجاله لن يترددوا في قتلي، وتمزيقي إربًا، إذا ما انكشفت لهم لعبتي، وكان عليّ أن أخفي الأمر على الجميع، وأن أواصل العمل في سرية، حتى تسقط الشبكة كلها.

حدَّق (إيتان) في وجهها لحظات في دهشة بالغة، ثم قال في عصبية:

- لست أصدق حرفًا واحدًا من هذا.

صاحت (رانيا).

- ولكنها الحقيقة.

صاح في ثورة:

- مستحيل!

ولوّح بسبابته في وجهها، وهو يستطرد في عصبية بالغة:

- كذب.. كل كلمة نطقت بها مجرَّد كذب، والواقع خير دليل على هذا.. إنكم أربعة أفراد فحسب، وصلتم على متن الطائرة المنشودة، وتبدأ أسماؤكم بحرف (الراء)، ولم يصل على متنها سواكم، ممن يحملون جوازات سفر مصرية، ولقد تأكدنا من أن الثلاثة الآخرين ليسوا من نبحث عنهم، ولم يبق سواك.

قال (رامي) في توتر:

- ولماذا تبحثون عمن يحمل جواز سفر مصري؟.. أليس من المحتمل أن يكون الشخص المنشود قد حضر بجواز سفر زائف، بجنسية إيرانية مثلًا، أو بريطانية، أو..

قاطعة صائحًا:

- مستحيل!

وانتفض جسده في انفعال جارف، وهو يقول:

- إنكما تحاولان خداعي.. كل كلمة نطقت بها هذه المصرية كاذبة.

قالت (رانيا) في حدة:

- اتصل إذن بالضابط (علاء)، في السفارة المصرية، وسيخبرك الحقيقة.

صاح (إيتان):

- أنت تعلمين أنه لن يفعل أبدًا.

لوحت بكفيها، هاتفة:

- ماذا تقترح إذن؟

انعقد حاجباه على نحو مخيف، وهو يقول:

- ليس أمامي سوى حل واحد.
سألته في عصبية:
- ما هو؟
أجابها في شراسة:
- أن أقضى على كل التوتر والقلق في أعماقي، وعلى الحيرة والشكوك،
وكل هذا بثمن بخس.
ولوَّح بسبابته، مستطردًا:
- برصاصتين فحسب.
رفع (لافي) مسدسه على الفور، ليصوبه إلى رأس (رانيا)، وهو ينظر إلى
(إيتان)، في انتظار إشارته، في حين هتفت (رانيا):
- إنك مخطئ.. أقسم لك إنك كذلك.
ولكن (لافي) سأل (إيتان) بصوته الخشن الجاف:
- هل أقتلها؟
قبل أن يجيبه (إيتان)، ارتفع صوت صارم، يقول بفرنسية سليمة:
- سيكون هذا أكبر خطأ ترتكبه، في حياتك كلها..
وكانت مفاجأة مدهشة..
بل مذهلة.

المفاجأة الأخيرة..

اتسعت عينا (إيتان) في ذهول، شاركه إياه (لافي) و(رانيا)، وهم يحدقون في وجه (رامي)، الذي نهض مبتسمًا في ثقة عجيبة، بدا وكأنها تبدل الكثير من ملامحه الطفولية، فصاحت (رانيا):

- (رامي)!.. أتتحدث الفرنسية؟

وهنا صرخ (إيتان):

- إنه هو.. اقتله يا (لافي).

أدار (لافي) فوهة مسدسه نحو (رامي) في سرعة، ولكن (رامي) انحنى في مرونة مدهشة، لا تتفق مع ميل جسده للسمنة، وتفادى الرصاصة القاتلة، التي انطلقت من مسدس (لافي)، ثم انقض بغتة على هذا الأخير، وركل المسدس من يده في قوة، وأطاح به إلى ركن الحجرة، ثم هوى على فك (لافي) بلكمة ساحقة، تراجع لها هذا الأخير في قوة، وحاول أن يتماسك، ولكن (رامي) كال له لكمتين أخريين سريعتين، في معدته وأنفه، جحظت لهما عينا (لافي)، وسقط فاقد الوعي، و(رانيا) تهتف ذاهلة:

- (رامي)؟!.. كيف فعلت هذا؟!

اندفع (إيتان)، محاولًا بلوغ مسدس (لافي)، الملقى في ركن الحجرة، ولكن (رامي) بلغه بسرعة أكبر، وجذبه من ياقة قميصه إلى الخلف، وهو يقول بالفرنسية:

- لن تنجح أيها الوغد.

وهوى على فك (إيتان) بلكمة كالقنبلة، مستطردًا:

- لقد خسرت اللعبة كلها.

سقط (إيتان) أرضًا، واتجه (رامي) في هدوء إلى ستائر الردهة، فجذب حبالها في قوة، و(رانيا) تهتف:

- (رامي).. لقد خدعتني..

أجابها مبتسمًا، وهو يلوي ذراعي (إيتان) خلف ظهره، ويقيد معصميه بحبل الستائر:

- معذرة يا عزيزتي.. كنت مضطرًا، فهكذا تحتم اللعبة.

انهار (إيتان)، وهو يقول:

- إذن فهو أنت.

أومأ (رامي) برأسه إيجابًا، وقال:

- نعم أيها الوغد.. هو أنا طيلة الوقت.

هتفت (رانيا) في دهشة:

ـ أنت ماذا؟

انتهى من تقييد (إيتان)، وانتقل لفعل المثل مع (لافي)، وهو يجيبها في هدوء:

ـ أنا ضابط المخابرات المصري يا عزيزتي.

صاحت في ذهول:

ـ أنت؟!.. أنت رجل مخابرات؟

راح يقيد (لافي)، وهو يقول:

ـ نعم يا عزيزتي (رانيا).. أنا واحد من رجال مخابرات (مصر).. واحد ممن لا يترددون لحظة، في التضحية بأنفسهم، من أجل (مصر).

قال (إيتان) في انهيار:

ـ لقد خدعتنا.

هز (رامي) كتفيه، وهو ينهض مبتسمًا، بعد أن انتهى من تقييد (لافي)، وقال:

ـ ليس هذا فحسب يا رجل.. اعتراف بالحقيقة كلها.. لقد هزمتكم ونجحت في تصفية مكتبكم هنا.. أليس كذلك.

هتفت (رانيا):

ـ ولكن ماذا عن ارتباكك الدائم، وادعائك الجهل بالفرنسية؟

أجابها في هدوء:

ـ كان هذا جزءًا من التغطية المطلوبة للشخصية يا عزيزتي، وكان من الضروري أن أخفي حقيقة شخصيتي عن الجميع، حتى عنك شخصيًا.

ثم استدرك في سرعة، وهو يلوّح بسبابته:

ـ وهذا لحمايتك، وليس لضعف ثقتي بك، فمعرفتك لهذا السر قد تؤذيك أو تربكك، أو تؤدي إلى وقوعك في أيدي هؤلاء الأوغاد.

قالت غاضبة:

ـ أهذا هو السبب الحقيقي؟

رفع يده إلى قلبه، وهو يبتسم قائلًا:

ـ أقسم إنه كذلك.

قال (إيتان)، وهو يكاد يبكي قهرًا:

ـ إذن فقد تعمدت إنقاذ (رشاد)، وقتل رجلنا.

أجابه (رامي):

ـ بالتأكيد، فلقد لمحت انعكاس الأضواء، على عدسة منظار قاتلكم المحترف، فتظاهرت بالسقوط، عندما لاحظت أن بندقيته مصوبة إلى

(رشاد)، ودفعت هذا الأخير، بعيدًا عن مرمى النيران.. أما رجلكم الغبي، الذي حاول قتلي، وأنا في طريقي إلى الفندق، فلقد رأيت ظله في وضوح، وهو يسير خلفي، وتعمدت الوقوف عند صندوق الكهرباء المكشوف، حتى هاجمني، فلكمته في معدته، وقفزت جانبًا، وتركت خنجره يضرب الأسلاك المكشوفة، التي صعقته على الفور.

قالت (رانيا) في دهشة:

- ولكنك كنت إلى جواره، ترتجف في هلع.

ابتسم قائلًا:

- كنت أحتاج إلى تبرير قوي لتغلبي عليه، وإلى شهود على موقفي.

وغمز بعينه، مستطردًا:

- كنت ممثلًا بارعًا.. أليس كذلك؟

عقدت حاجبيها في شدة، وهي تقول في غضب:

- بالتأكيد.. كنت ممثلًا بارعًا طيلة الوقت.

رفع حاجبيه، هاتفًا:

- لا.. ليس طيلة الوقت.

قالت في حدة:

- ومن يصدقك؟

أجابها في حنان:

- أنت.

خفق قلبها، وهي تتطلع إليه، وتسأله في خفوت ودلال:

- أراهن أن اسمك الحقيقي ليس (رامي).. أليس كذلك؟

لوّح بكفه، قائلًا:

- تخسرين الرهان ياعزيزتي.. (رامي كامل) هو اسمي الحقيقي.

قال (إيتان) في مرارة، وهو يبكي بدموع حقيقية:

- ولكن كيف أبلغنا رجلنا في (القاهرة) أنك تمتلك متجرًا في (الموسكي) بالفعل؟

ابتسم (رامي)، وقال:

- هذا هو أفضل جزء في الخطة، فلقد ورثت متجر أدوات التجميل حقًا.

هتفت (رانيا) في دهشة:

- أنت؟!.. ومنذ متى يمتلك رجال المخابرات متاجر أدوات تجميل؟

أطلق ضحكة صافية، وهو يقول:

- يبدو أن فكرتك عن رجال المخابرات عجيبة يا (رانيا).. إنك تتصورينهم مخلوقات فضائية، نبتت في بيئة أخرى، غير بيئتنا المصرية، التي نحيا فيها جميعًا.. إننا مواطنون عاديون يا عزيزتي، وكل منا نشأ في بيت مصري صميم، ولقد نشأت أنا في بيت مستقر، يحكمه والدي رحمه الله، تاجر أدوات التجميل بـ (الموسكي)، ولقد توفى والدي منذ عام واحد، ولما كنت وريثه الوحيد، فقد تسلمت المتجر من بعده، وحاولت إدارته على نحو جيد، كما كان يفعل أبي، ولكن ذلك تعارض كثيرًا مع عملي بالمخابرات، الذي لم يكن يعلم به أحد، حتى والدي نفسه، فطلبت إحالتي للتقاعد، وهذه العملية كانت بمثابة مكافأة نهاية خدمة.

اتسعت عينا (لافي)، وهو يهتف في ذهول:

- مكافأة نهاية خدمة؟!

ابتسم (رامي)، قائلًا:

- نعم أيها الوغد، ولكن القاعدة كانت معكوسة هذه المرة، فأنا الذي منحت المكافأة لإدارة المخابرات المصرية، واقترحت القيام بهذه العملية، كهدية تقاعد، أهديها إلى (مصر)، في نهاية خدمتي الرسمية في الجهاز.

دار رأس (إيتان)، وهو يهتف:

- مستحيل!.. مستحيل!

ثم سقط فاقد الوعي، من فرط الانفعال..

لقد خسر اللعبة..

خسرها تمامًا..

❀ ❀ ❀

"على ركاب طائرة (مصر للطيران)، التي تغادر (باريس) بعد نصف ساعة، التوجه إلى الدائرة الجمركية ودائرة الجوازات؛ لإنهاء إجراءات المغادرة".

انطلقت (رانيا) تعدو، عبر صالة مطار (أورلي) في (باريس)، استجابة للنداء الثالث والأخير، واستقبلها (رامي) عند الدائرة الجمركية، وسألها في اهتمام:

- كيف حال عمليتك؟

أجابته لاهثة:

- كل شيء تم على ما يرام.. لقد استقبلني مسيو (فيكتور) عند برج (إيفل)، حسب اتفاقنا، ولم يكد يمنحني حقيبة النقود، وتعليمات العمل القذر، حتى أطبق عليه رجال الشرطة الفرنسية، مع مندوبنا الرائد (علاء)، وألقوا

القبض عليه، وعلى عصابته كلها، في خلال ساعة واحدة، وفي نفس الوقت، كان الآخرون في (مصر)، يلقون القبض على المدير المصري وأعوانه.
ابتسم قائلًا:
- عظيم.. لقد قمت بمهمة ممتازة.
قالت وهي ترمقه بنظرة إعجاب:
- لن أبلغ أبدًا عظمة مهمتك.
هتف في سعادة وبساطة:
- حقًّا؟!
أطلقت ضحكة عالية، وقالت:
- كم تدهشني شخصيتك، وتخلب لبي يا (رامي).. إنك إنسان بسيط للغاية، ورقيق المشاعر، وعلى الرغم من هذا فأنت أقوى وأفضل رجل مخابرات عرفته.
ابتسم قائلًا:
- وهل يتعارض هذا وذاك؟
ضحكت قائلة:
- كنت أظنهما يتعارضان فيما قبل.
قال في بساطة رائعة:
- ولكنني لم أعد رجل مخابرات يا عزيزتي.. لقد انتهى عملي في المخابرات، بنجاح هذه المهمة، وأصبحت مجرّد تاجر أدوات تجميل بسيط.
قالت في سعادة:
- بل أنت أروع مخلوق عرفته، في حياتي كلها.
هتف بكلمته المعهودة:
- حقًّا؟!
ثم انفجرا ضاحكين في مرح، قبل أن تسأله في اهتمام:
- قل لي: ماذا أصاب (لافي) و(إيتان)؟
هز كتفيه، قائلًا:
- لم يعد أمرهما يعنيني.
بدت خيبة الأمل على وجهها، حينما لم يشبع فضولها، فأضاف مبتسمًا:
- لقد تم استدعاؤهما إلى (تل أبيب)، وأظنهما يلعنان الآن ذلك اليوم، الذي التقيا فيه بي.
ضحكت في زهو، وهي تقول:
- من حقهما أن يفعلا.

اكتست ملامحه بالجدية، وهو يقول:

ـ دعينا ننتقل الآن إلى المرحلة الأكثر أهمية.

سألته في اهتمام:

ـ وما هي؟

قال:

ـ إننا لم نناقش هذا الأمر على نحو صريح ومباشر من قبل، ولكن دعينا نفعل الآن.. هل تتزوجينني يا (رانيا).

هتفت:

ـ أتزوجك؟!

قال في قلق:

ـ نعم.. إنني أتمنى لو تقبلينني زوجًا.. صحيح أنني لم أعد أعمل في المخابرات، وأنني الآن مجرَّد تاجر بسيط، ولكني أعد أن أبذل أقصى جهدي لـ...

قاطعته بإشارة من يدها، وابتسمت قائلة:

ـ ماذا أصابك؟.. أنسيت أنني أحببت التاجر البسيط، قبل أن ألتقي برجل المخابرات؟.

هتف في سعادة:

ـ (رانيا).. أيعني هذا؟

قاطعته وسعادتها تفوق سعادته:

ـ ألم تفهم بعد يا رجل المخابرات السابق؟

ثم مالت نحوه، هامسة:

ـ إنني أحبك.

وعندما حلقت بهما الطائرة، عائدة إلى (القاهرة)، كان قلباهما يحلقان أعلى وأسرع منها، فقد ربحا اللعبة حتى النخاع..

لعبة الحب..

ولعبة العمل..

❀ ❀ ❀